BBULMEDIA

BBULMEDIA

GREEN HEART
그린하트

GREEN HEART

1판 1쇄 찍음 2017년 1월 20일
1판 1쇄 펴냄 2017년 1월 31일

지은이 | 미르영
펴낸이 | 정 필
펴낸곳 | 도서출판 **뿔미디어**

편집장 | 문정흠
기획 · 편집 | 한관희

출판등록 | 2002년 9월 11일 (제1081-1-132호)
주소 | 경기도 부천시 원미구 소향로 17번길(두성프라자) 303호 (우) 14544
전화 | 032)651-6513 / 팩스 032)651-6094
E-mail | bbulmedia@hanmail.net
비북스 | http://b-books.co.kr

값 8,000원

ISBN 979-11-315-7682-3 04810
ISBN 979-11-315-7392-1 04810 (세트)

※파본은 구입하신 서점에서 교환하여 드립니다.

GREEN HEART

그린 하트

미르영 현대 판타지 장편 소설

CONTENTS

※이 글 속에 나온 인명, 지명, 단체명은 허구이며 실제와는 연관이 없음을 알려 드립니다.

제1 장

탁!

스위치가 꺼지는 소리와 함께 중앙 통제실에서 차훈과 연미를 모니터하던 화면이 꺼졌다.

광원이 수평선을 그리며 꺼지고 어둠이 찾아든 모니터를 바라보던 두 사람의 시선이 서로를 마주 보았다.

"지금까지 별다른 이상은 없었나?"

비밀 연구소의 소장이자 진행되고 있는 프로젝트를 총괄하는 미하일이 물었다.

"그다지 눈여겨 볼 만한 것들은 없었습니다. 평상시 그대로였습니다."

주목할 만한 변화가 없었던 탓에 모니터링을 하던 요원이 간단히 대답했다.

"그러면 여전히 두 사람은 말이 없는 중인가?"

"그날 포르노를 찍은 후부터는 둘 다 말이 없어졌습니다. 필요한 말 이외에는 거의 하지 않는 편입니다."

요원의 대답을 들은 미하일의 표정이 심각해졌다.

"중요한 시점인데 큰일이로군. 그러면 연구는 어떻게 진행이 되고 있나?"

"대화는 거의 없지만 리포트는 꾸준히 제출되고 있는 것으로 알고 있습니다. 동력 사용량이나 실험 결과물의 폐기량으로 봤을 때 연구는 별다른 이상 없이 진행되고 있는 것으로 봐도 좋을 겁니다."

"그렇다면 천만 다행이로군. 혹시라도 연구에 지장이 있으면 어쩌나 했는데 말이야."

연구와 관련한 리포트가 지속적으로 올라오고 있다면 프로젝트를 진행하는 데는 문제가 될 것이 없어 보였다.

"연구에 이상이 생겼다면 벌써 지시가 내려졌을 테니 걱정하지 마십시오, 소장님."

"그렇기도 하겠군. 그런데 말이야."

"예, 소장님."

"조금 이상하지 않나?"

"뭐가 말입니까?"

"거부할 의사가 없었던 것을 보면 추연미도 좋아서 허용한 것 같은데 말이야. 저렇게 과도하게 반응하는 것이 이상하다는 생각이 안 드느냐는 말일세."

남녀가 스파크가 튀어 육체관계까지 가졌다면 그 이후는 뻔했다.

다른 이들이 눈을 뜨고 못 봐줄 정도로 친밀해지는 것이 보통의 경우였기에 미하일로서는 이상하지 않을 수 없었던 것이다.

"소장님 말씀대로 그렇기는 합니다. 서로 좋아하는 사이고 그렇게 불이 붙었다면 한참 젊을 때라 좋아서 어쩔 줄 몰라야 정상인데 말입니다. 하지만……."

"하지만?"

"전에 신상을 조사한 것과 지금까지 감청한 결과로 분석된 자료로 볼 때 이 정도는 이미 예상했던 결과입니다."

"예상했던 결과라니, 그게 무슨 말인가?"

소장은 연구의 핵심 부분만 총괄하는 터라 요원의 대답이 이해가 가지 않았다.

모니터링을 담당하는 요원은 두 사람의 심리 상태 분석도 맡고 있는지라 대답이 궁금했다.

"추연미의 경우 북조선에서 건너온 자료를 분석한 결과 자신의 신변 관계에 대해 철두철미할 정도로 정리하는 성향을 보이는 것으로 확인이 되었습니다."

"무슨 말인가?"

미하일은 설명이 필요한 듯 반문했다.

"한마디로 스스로 주변을 차단하는 행태를 보이는 고립형 인간이 바로 추연미라고 할 수 있습니다."

"그 말은 추연미가 인간관계를 형성하는데 문제가 있다는 소리인가?"

"그렇습니다. 어려서부터 천재적인 두뇌로 그쪽 기관에서 특별 교육을 받은 터라 또래와 인간관계를 형성할 수 없었던 것 같습니다. 인간관계가 서툰 만큼 스스로 벽을 쌓았고, 그로 인해 지금의 성격이 형성되었다는 것이 저희 분석 팀이 내린 결론입니다."

"으음, 그렇다고는 해도 너무 과한 것 같군."

미하일의 말에 요원이 답변을 이어나갔다.

"소장님께도 초창기에 보고가 되었던 일이지만 추연미는 처음 연구소로 온 후 사흘째 되는 날 숙소로 돌아간 후 일주일 동안 밖으로 나오지 않은 일이 있었습니다."

"맞아, 그런 보고를 받은 적이 있었지."

"보안 때문에 자세히 보고는 되지 않았지만 당시 실험체 중 하나가 자해를 한 후 피가 묻은 손으로 추연미를 잡았었다고 합니다. 그로 인해 손에 상처가 생겼었는데 그때도 이렇게 말이 없었고 아예 숙소에서 나오기를 꺼려 했었습니다."

"그런 일이 있었군."

"박차훈의 설득으로 연구소에 복귀한 후에도 마찬가지였습니다. 실험체 근처에 가기를 꺼려 했었습니다."

"정신적으로 트라우마가 있던 것은 아닌가?"

"그런 것 같습니다. 북조선에서 무슨 일을 겪었는지는 모르지만 추연미는 신체에 위해가 가해질 경우 자신을 폐쇄하는 극단적인 고립 현상을 일으키는 것 같습니다."

"어느 정도 이해가 가기는 하지만 박차훈은 추연미가 믿고 의지하는 사람인데도 그렇다니, 조금 이상하군."

"박차훈이 좋아서 하기는 했지만 정신을 차린 후에는 이런 자의식이 강하게 발동한 것 같습니다."

"그 정도로 강한가? 좋아하는 사람인데 말이야."

"간혹 대화를 나누는 것으로 봐서는 이성적으로는 이해하지만 무의식 상태에서는 박차훈을 위협의 대상으로 보고 있는 것이 확실합니다. 재밌는 것은 추연미도 자신의 상태를 알고 있다는 겁니다. 그래서 박차훈을 저렇게 대하는 것 같습니다. 지금까지의 관계가 깨질까 봐서 말입니다."

"분석이 그렇다면 당초부터 추연미의 정신에 문제가 있었다는 말이로군. 추연미도 자신이 그렇다는 것을 알고 있고, 인간관계가 서툴러 박차훈과의 관계가 깨질까 봐 선불리 마음을 열지 못하는 것이고 말이야."

"그렇습니다."

"추연미는 그렇다 치고, 박차훈은 왜 저러는 건가?"

"그나마 추연미보다는 나은 성격이지만 박차훈도 별반 다르지 않습니다. 조사해 보니 양자라서 그런지 사람에 대한 피해의식이 강한 편이고, 대화나 마음을 여는 사람이 무척이나 한정되어 있습니다. 아마도 수용소에 있던 기간 중에 겪은 일로 인해 그런 성격이 형성된 것 같습니다."

"북조선의 수용소라면 어느 정도 이해가 가는군."

러시아연방에서 운영하고 있는 정치범 수용소 못지 않게 악명을 떨치는 곳이 바로 북조선의 수용소였다.

그런 곳에서 생활을 했다면 박차훈 또한 폐쇄적인 성격이 형성되었을 터였다.

"무엇보다 자신이 마음을 연 몇 안 되는 사람 중 하나가 추연미인데 반응을 저렇게 하니 어떻게 할지 몰라 그러는 면도 있는 것 같습니다."

인간관계에 익숙하지 않아 좋아하는 사람이면서도 반응이 그럴 수밖에 없다는 말에 미하일은 이해가 갔다. 비슷한 경우를 알고 있었기 때문이었다.

"그렇군."

'재미있군. 나한테는 마음을 연 것 같은데 말이야.'

첫 만남부터 지금까지 자신에게는 그런 모습을 전혀 보이지 않았기에 미하일은 차훈이 자신에 대해서 어떻게 생각하는 지가 궁금했다.

"자네가 판단하기에 박차훈은 어떤 종류의 사람에게 마음을 여는 편인가?"

"추연미를 제외하고, 가족인 박명호 박사와 자신이 존경하는 학자들 이외에는 대화도 나누기를 꺼려 하는 것으로 파악이 되었습니다."

요원의 말에 미하일이 고개를 끄덕였다.

'후후후, 그랬었군. 나 이외에는 다른 이들에게 말하는 것을 거의 본 적이 없었는데 말이야.'

만수연구소에 있을 무렵, 자신에게 말을 곧잘 붙이고는 했던 차훈은 다른 연구원들에게 극단적으로 말을 아꼈었다.

자신에게 말을 건 것이 존경하기 때문이라는 사실에 미하일은 기분이 좋았다.

"그러니까 결론은 둘 다 외톨이 유형이라 관계가 깨어질까 봐 서로에게 쉽게 마음을 열지 못한다는 것이로군."

"그렇기도 하지만 다른 이유도 있을지도 모른다는 것이 분석팀의 판단입니다."

"다른 이유라니?"

"말하는 태도나 대화의 내용으로 봤을 때 둘 다 서로를 이성으로 보지 않는 것 같습니다."

"저런 인간들이 서로를 이성으로 보지 않는다는 말인가?"

박차훈이나 추연미는 처음 인상이 누가 보더라도 호감이 가는 사람들이다.

키, 몸매, 얼굴. 어디 하나 빠지지 않을 정도로 부러운 유형의 사람들이라고 할 수 있다.

그런데 상대에게 이성으로서 호기심이 없다니 이상한 일이 아닐 수 없었다.

"몸을 섞었는데도 절대 이성을 대하는 태도가 아니었습니다. 그날 집에서 박차훈을 두들겨 패는 추연미 때문에 보안 요원을 투입해야 하는 것은 아닌지 심각하게 고민을 했을 정도였으니 말입니다."

"그 정도로 성격이 나쁘지는 않은 것 같던데?"

"정말 원수같이 박차훈을 두드려 팼습니다. 그리고 무엇보다도 다음날 둘 다 서로 실수로 생각하기로 대화를 하는 과정을 살펴보면, 이건 마치 사고가 난 것에 대해 합의를 보는 같았습니다, 소장님."

"으음, 그 정도라니 말 다했군."

"그동안 서로를 좋아한다고 생각했었는데 이성이 아니라 동료로서 좋아한 것 같습니다."

"이성으로 보기보다는 동료로 보기에 더욱 어색했을 테고 말이야. 거참!"

"두 사람 다 천재라서 그런지 성격상 특이 성향을 보이는 것 같습니다."

요원이 말이 맞는 것 같았다. 둘 다 천재적인 성향을 가진 이들이었다. 자신만큼이나 괴팍한 성격을 지닌 것이 분명했다.

"그렇군. 그렇지 않으면 설명이 되지 않는 성격들이니. 좋아, 그건 그렇고. 그 외에 특별히 전과 달라진 점은 없었나? 연구 내용에 관해서 말이야."

"특별히 달라진 점은 없는 것 같습니다. 주거지에서는 가끔 여러 가지 주제에 대해 논쟁을 하고 있기는 하지만 연구에 관련한 것은 없습니다. 감청한 결과로는 만수연구소 출신이라서 그런지 몰라도 연구 내용에 대해서는 밖에서 일절 대화를 하지 않고 있습니다."

"그렇겠지. 그곳의 보안 교육은 유명한 것이니까 말이야."

"사실 외부로 나와 연구 이야기는 하나도 하지 않는 것을 보면서 저도 놀랐습니다."

"그런데 요 사이 논쟁은 뭔가?"

보통은 집으로 곧장 들어가 잠을 잔 후, 다음날 아침을 먹으며 논쟁이 시작된다.

얼마나 치열하게 논쟁을 하는지 잘못 들으면 철천지원수처럼 보일 정도다.

"그 일이 있기 전까지는 빅뱅에 대해 논쟁이 붙었습니다. 추연미는 과학적인 사실로, 박차훈은 동양의 정신 사상을 기반으로 빅뱅을 설명하는데 아주 재미있습니다."

"녹음은 해 두었나?"

"예, 당시 논쟁이 전부 녹음이 되어 있습니다. 사본을 하나 만들어 드릴까요?”

“아니네.”

함부로 요청할 수 없는 사항이다.

모니터링실의 자료들 또한 극비로 관리되는 것이라 사사로이 얻으려 한다면 문제가 생길 것이 빤했다.

‘먼저 복사를 해주겠다고 하는 것을 보니 아주 재미있는 논쟁이었나 보군. 나중에 시간이 생기면 한 번 들어봐야겠군.’

궁금하면 이곳에서 직접 들어야 한다. 거의 하루라고 할 만큼 기나긴 시간을 말이다. 그리고 지금은 그렇게 할 만큼 여유가 없는 상황이다.

‘그나저나 연구 섹터 안에서도 집에서처럼 논쟁을 하며 연구를 하는 것인가? 리포트도 제대로 제출이 되고 있고, 외부에서의 감시 결과가 그렇게 나왔다면 연구 섹터 안에서도 평상시와 같겠군.’

자신도 두 사람의 행태를 잘 알고 있었다.

주제를 놓고 대화를 할 때면 언제나 극단적인 상반 관계를 보이는 두 사람이다. 보지 않아도 연구실에서 어떤 식으로 연구를 진행하는지 알 수 있을 것 같았다.

‘두 사람의 대화를 녹음을 할 수 있으면 좋을 텐데 말이야.’

논쟁을 듣다 보면 주제에 대한 이해도가 높아진다. 연구 내용을 가지고 주고받는 대화를 듣게 된다면 훨씬 이해하기 쉽겠지만 그럴 수는 없다.

연구 섹터 안에서는 녹음기는 물론이고, 영상 장비 일체가 허용되지 않는 까닭이다.

이곳이 중앙 통제실이기는 하지만 연구소에서 운용되는 기계들의 통제만 가능할 뿐, 원천적으로 연구 섹터 안은 들여다보지 못하게 되어 있다.

기밀 유출을 방지하기 위해 최고위층에서 정해 놓은 것으로, 연구소장인 미하일도 이것만큼은 어길 수 없는 규정이었다.

'두 사람 다 서로를 동료 연구원으로만 대하는 것 같지만 사람의 감정이라는 것이 그런 것이 아니다. 더군다나 육체까지 섞은 사이고 보면 둘 사이의 감정이 어떻게 변할지는 아무도 모르지. 사랑이라는 감정이라는 것이 예측하기 힘든 변수인 이상, 감시를 좀 더 철저히 해야겠군.'

애초부터 인간을 믿지 않는 미하일이었다. 모니터링 요원이 특별한 이상이 발생하지 않았다고 하지만 감시를 늦출 수는 없었다.

"서로 간에 이성적인 감정이 생기게 되면 어디로 튈지 모르니 잘 감시하도록 하게."

"무슨 말씀이신지 알겠습니다."

"좋아. 부탁하지."

"쉬십시오."

감시 요원의 설명을 들은 미하일은 자리에서 일어났다.

연구 결과에 진전을 보이고 있으니 오늘 제출된 리포트를 훑어봐야 했다.

통제실을 나선 미하일은 엘리베이터를 타고 로비로 향했다.

언제나와 마찬가지로 보안 절차를 거친 미하일은 지하로 향하는 엘리베이터를 타고 자신의 집무실로 갔다.

그가 간 곳은 연구 섹터와는 별도의 공간으로 구획된 공간이었다.

집무실 안으로 들어선 미하일은 책상 위에 놓여 있는 은색의 알루미늄 케이스를 볼 수 있었다.

'석 달 만인가? 후후후, 흥분되는군.'

차훈과 연미의 연구 내용이 담긴 리포트가 담긴 케이스가 가슴을 설레게 한다.

보고차 모스크바에 갔다가 오는 길이다. 상부에서 어찌나 꼬치꼬치 캐묻는지 오랜 시간 모스크바에 머물러야 했다.

연구의 진행 상황이 궁금했지만 함부로 떠날 수 없는 몸이라 애가 탔었는데 해소할 기회였다.

'오랜 시간동안 연구를 진행해 왔지만 풀지 못한 난관들이 수두룩했는데, 이렇게 빠른 속도로 풀고 있는 것을 보면 둘 다 대단한 천재들이야.'

차훈과 연미의 연구하는 속도를 보면 정말 놀라지 않을 수 없었다.

처음 데리고 올 때만 해도 전혀 예상하지 못했을 만큼 진척이 되고 있었으니 말이다.

'그러니까 상부에서도 두 사람의 연구에 관심을 가지고 지켜보는 것이겠지.'

독일과의 전쟁에서 승리한 후 탈취한 자료로부터 시작된 연구다. 지금까지 장장 50여 년째 진행 중인 이 연구는 지금까지 수십 개의 프로젝트로 분화되었다.

그중 북조선에서 온 두 천재의 연구 프로젝트는 자신은 물론 최고위층으로부터 상당한 관심을 받고 있었다.

독일로부터 탈취했지만 지금까지 아무도 손을 대지 못했던 연구가 두 사람이 오고 나서부터 상당한 진전을 보이고 있었기 때문이었다.

'열어볼까?'

책상 위에 앉은 미하일은 케이스 위에 박혀 있는 액정에 다섯 손가락을 가져다 댔다.

잠시 후 검은색의 패널 위로 푸른색의 화면이 떠오르고, 뒤를 이어 다섯 자리 암호를 입력하는 폼이 나타났다.

'오늘이 12월 13일이니까…….'

미하일은 머릿속으로 날짜를 기점으로 연동되는 암호법에 따라 입력할 암호를 조합했다. 그러고는 패널에 나타난 24개의 기호 중에서 다섯 개를 순서에 따라 천천히 눌렀다.

딸깍!

케이스가 열리는 소리가 들리자 미하일은 다시 손가락을 패널 위에 가져다 댔다.

'떨리는군.'

암호가 정상적으로 작동했다고는 하지만 조금이라도 실수를 했다가는 치명적인 위험을 동반하기에 언제나 조심스러운 순간이다.

'가방에 걸린 암호가 풀렸다고 그냥 열었다가는 청산가리가 들어 있는 독침이 날아올 테지. 안에 들어 있는 리포트들은 전부 소각되고 말이야.'

케이스가 탈취당하고 암호가 풀렸을 때 최후의 수단으로 걸려 있는 안전장치다. 오작동을 할지 모른다는 불안감은 언제나 스릴을 동반했다.

철컥!

지문 인식이 끝나자 부비트랩이 해제되었다는 신호음이 작게 울렸다.

'매번 가슴이 떨리는군. 어디…….'

뛰었던 가슴을 진정시키며 케이스를 연 미하일은 열 장 남짓의 리포트를 꺼내 들었다.

한 장 한 장 넘겨가며 천천히 레포트를 읽어가면서 연구 진척이 얼마나 됐는지를 계산하던 미하일의 얼굴에 작은 미소가

맺혔다.

'이번에도 괜찮군.'

읽어본 리포트는 정말 만족스러웠다.

실험이 점차 구체화되고 있었고, 나름대로의 성과를 보이고 있는 중이었다.

'두 천재를 만났다는 것이 나에게 있어 정말 일생일대의 행운이었다.'

리포트에 만족스러웠던 미하일은 두 사람을 만나게 된 것이 자신에게 있어 더할 나위 없는 행운이었다는 것을 상기했다.

'이렇게 실현이 가능한 것을 어째서 쓰레기로 처박아 뒀었는지 모르겠군.'

연구의 원천이 되는 자료를 얻은 곳은 독일이었다. 바로 히틀러의 친위대가 운영하던 비밀 금고에서였다.

신화와 오컬트에 관심을 가지고 있던 히틀러의 명령으로 친위대는 점령지 곳곳에서 특별한 활동을 했다. 유적지에서 신화나 신비와 관련된 유물들을 모으는 일이었다.

비밀 금고에서 얻은 것들 중에 가장 중요한 것은 폐허가 된 유적에서 발굴된 것들과 유물에 대해서 연구한 자료들이었다.

그러나 안타깝게도 너무 오컬트적인 것이라서 방치되다시피 했다. 신화에 가까운 내용이라 연구원들이 자료를 신뢰하지 못했기 때문이었다.

가치를 알아보지 못한 덕분에 비밀문서고 한쪽 구석에 오랫동안 방치되어 있었다.

너무 황당한 내용들이라 아무도 그것이 그런 엄청난 것을 담고 있을 것이라고는 생각하지 않았던 이유가 가장 컸다.

원천 자료가 주목을 끌기 시작한 것은 러시아연방의 정권이 어느 정도 안정이 찾고 나서 승전국으로서 독일로부터 압수하거나 탈취한 것들을 정리하는 과정에서였다.

원본을 보존하고 안정적인 연구를 위해 자료들을 마이크로필름으로 저장하려는 계획에 따라 작업이 진행되는 과정에서 놀라운 일이 발생했다.

지금 진행되고 있는 연구의 원천 자료라고 할 수 있는 얇은 금판을 촬영했지만 아무것도 찍히지 않았던 것이다.

처음에는 잘못 찍은 줄 알았다가 여러 번 찍어도 검게 나오자 이러한 사실이 곧바로 상부에 보고가 되었다.

최고위층과 러시아의 연구진이 처음 관심을 가지게 된 것도 그 때문이었다.

눈으로는 실체를 확인할 수 있지만 어떠한 사진기로도 금판을 촬영할 수 없었던 것이다.

'같이 있던 자료들이 성과를 내기 시작하면서 막대한 돈이 들어가기 시작했지.'

본격적으로 대규모 연구가 진행되기 시작한 것은 원천 자료와 같이 있던 다른 자료의 연구가 진행되면서 부터였다.

몇 번의 실험을 거쳐 금판에 적힌 것들이 특별한 것임을 확인했기 때문이다.

나치 독일이 원천 자료에 대해 연구한 것들을 토대로 수많은 실험이 진행됐고, 주목할 만 한 성과가 나기 시작했다.

그리고 성과물들을 바탕으로 금판을 연구한 결과 인간이 상상할 수 없는 엄청난 가치를 지니고 있다는 것을 알게 되었다.

성과가 난 나치 독일의 연구 자료들의 모든 방향이 금판에 기록되어 있는 초자연 현상에 대한 사항을 증명하거나 해석하기 위한 것임이 드러난 것이다.

참여한 이들의 한결같은 의견으로 연구진들의 보강과 함께 대규모 투자가 있어야 한다는 주장이 통과되었다.

러시아연방의 수뇌부에서는 가치가 드러난 금판에 대한 본격적인 연구를 승인하고 본격적으로 지원하기 시작했다.

'정말 미쳤다고밖에는 말할 수 없을 정도였지.'

최고위층에서는 연구를 위해 물불을 위해 물불을 가리지 않았다. 금판을 연구하기 위해서 천재라 불리는 이들이 수도 없이 강제로 동원되었다.

러시아 본토는 물론 연방 내 국가들에서 가차 없이 인재들을 뽑았다.

그리고 연구에 필요한 일이기만 하다면 서방세계에 있는 석

학들과 천재들까지 납치해 연구를 진행시켰다.

'문제는 어느 순간부터 해석이 막혀 버렸다는 것이지. 그 이후로는 연구의 진척이 하나도 없었고.'

금판을 대한 연구를 진행시켰지만 아무도 의미 있는 부분까지 진전시킬 수 없었다.

그도 그럴 것이 95% 이상이 알 수 없는 언어로 기록되어 있었고, 나머지 부분도 몇 천 년 전에 쓰였던 고어로 기록되어 있어 해석 자체가 워낙 난해했던 까닭이 컸다.

연구에 진전이 없는 것은 최고수뇌부에서 전략적으로 투입시킨 미하일도 마찬가지였다.

'정말 지랄 같은 일이었지. 내가 가진 한계를 절실히 느껴야 했으니까 말이야.'

자칭 러시아연방의 최고 두뇌라고 자부하던 미하일은 연구를 진행하면서 절망감까지 느껴야 했다.

연구가 시작되고 20년이 지났지만 거의 성과가 없었다.

그나마 성과라고는 얇은 금판에 새겨진 원천자료 중 1% 정도가 어느 정도 해석이 되었다는 것뿐이었다.

'완벽하다고는 장담할 수 없지만 그때 해석된 1%가 연구를 지탱하게 만들었지.'

당시 자괴감과 함께 자신의 능력을 통감하고 실의에 빠져 주거 단지에서 몇 날 며칠을 술독에 빠져 있던 미하일에게 최후의 통첩이 왔다.

연구를 지속하지 않으면 시베리아 수용소로 보낼 것이라는 통지였다.

생명의 위협을 느낀 미하일은 나치가 찾아낸 자료들을 뒤졌다. 자료들 중에 말도 안 되는 미친 짓이라고 생각했던 방법을 찾기 위해서였다.

'크크크, 한마디로 미친 짓이었지.'

방법을 찾은 후 그것을 토대로 당시에 저지른 일은 미하일로서는 절대로 잊을 수 없는 일이었다.

미하일이 찾은 것은 제의에 관한 자료였다. 흑마법사의 마법처럼 인간의 피를 이용한 고대 제의를 통해 인간의 능력을 향상시키는 방법이었다.

더 이상 물러설 곳이 없었기에 제의에 적힌 대로 실험을 실행했다.

실험에 동원된 사람들의 심장에 직접 칼을 꽂고 피를 받아야 했다. 시베리아 수용소에 갇혀 있던 정치범 중 1,000명이 제의에 동원이 되었고, 소기의 성과를 얻을 수 있었다.

'후후, 그때 들려왔지. 아니, 그것은 목소리가 아니라 뇌리를 향해 들려오는 울림이었다. 마치 주문처럼 영혼을 울리는. 정신을 차렸을 때는 이미 제의가 끝나 있었지.'

피의 광기에 빠져 미친 듯이 제의를 진행하면서 환상에 빠진 것처럼 누군가의 목소리가 들려왔다.

목소리는 금판에 적힌 것들에 대해 알려주었다.

'정말 놀랐었지. 금판에 적힌 것들이 인간으로서 신에 필적하는 권력과 힘을 쥘 수 있는 권능을 얻는 방법이었으니 말이야. 그리고 그것도.'

그렇게 제의가 끝난 후 경악에 빠져 있는 상황에서 자신의 눈에 들어오는 것이 있었다.

그것은 1,000명의 피가 합쳐져 만들어낸 혈정이었다.

'요사스러운 붉은 빛을 내뿜는 혈정이 나를 이끌었지. 연구를 어떻게 진행해야 할지 알려 주면서 말이야.'

미친 짓이나 다름없는 제의를 통해서 얻은 혈정으로 놀라운 결과를 얻을 수 있었다.

일부분이나마 금판을 해석할 수 있었고, 그것을 통해 나치가 만들어낸 것과 지금까지 진행해 온 다른 연구 결과를 연계할 방법을 찾아낼 수 있었다.

홀린 사람처럼 뇌리로 들려오는 목소리를 통해 우연치 않게 알아낸 방법을 이용해 실험을 진행하자 놀라운 결과가 나타났다.

혈정을 통해 지금까지 만들어진 성과물들을 합칠 수 있었던 것이다.

결과물들을 합친 것도 놀라운 일이었지만 그것은 부차적인 성과에 불과했다.

더욱 또렷하게 영혼의 목소리를 들을 수 있었고 금판에 대한 정보를 조금 더 많이 얻을 수 있었다.

영혼을 울리는 목소리를 통해 금판이 어떤 것을 담고 있는지, 무엇을 위해 만들어진 것인지 정확히 알아낼 수 있었다.

해석을 위한 단서를 얻게 되자 그것을 다른 연구원들에게 공개했다. 그러자 연구가 활기를 띠기 시작했다. 막혔던 연구들이 하나둘 진척이 생기기 시작했던 것이다.

정보를 공개한 덕분에 미하일은 연구를 총괄하는 소장의 위치까지 오를 수 있었다.

'후후후, 그것이 없었다면 여기까지 오지도 못했을 것이다. 욕심 많은 돼지들이라 해석된 부분에 환장을 했으니까.'

금판에 새겨진 것은 아주 특별했다.

인간이라면 누구나 바라는 것을 얻을 수 있는 방법을 담고 있었다.

영생과 권능.

인간이라면 바라마지 않는 신의 영역에 대한 단서가 담겨 금판에 담겨 있었으니 최고위층의 관심도 폭발했다.

전기가 마련되자 전폭적인 지원이 다시 이어졌고, 지금까지 부속으로 진행된 연구들이 성과를 내기 시작했다.

수많은 치료제의 개발과 함께 초인 양성 프로젝트에 획기적인 발전을 가져왔다.

블리자드도 마찬가지였다. 해석이 되지 않았다면 모를까, 일부나마 결과가 나온 터라 모스크바에 있는 블리자드 수뇌부의 갈증은 더욱 깊어졌다.

세상을 지배할 수 있는 궁극의 힘을 손에 쥘 수 있는 기회였기 때문이다.

그러나 그것이 한계였다. 금판에 대한 신뢰가 급상승했지만 연구의 진행은 더디기만 했기 때문이다.

혈정을 통해 뇌리로 들려오는 목소리만으로는 금판을 전부 해석하는 것은 불가능한 까닭이다.

최상층부로부터 미하일에게 직접적인 독촉이 계속해서 이어졌다.

그러나 워낙 난해했기 때문에 혈정을 통해 얻은 단서만으로는 비밀을 풀기는 요원했다.

연구에 대한 압박은 심해져만 갔다.

'모스크바의 독촉에 피가 마를 지경이었지. 나뿐만이 아니라 연구원들도 또한 마찬가지였고.'

스트레스를 견디지 못하고 자살하는 이가 속출했다.

여러 가지 이유가 있겠지만 가장 큰 이유는 학자로서의 자존심이 무너졌기 때문이었다.

그동안 알아냈던 것들은 정말 약과였다. 얻은 단서로 금판의 자료를 해석하려 했지만 문장의 모호성으로 인해 해석이 전혀 되지 않았다.

알아낸 로직의 기전을 밝히지도 못하고, 금판의 새겨진 자료를 이해조차 하지 못한다는 것이 학자로서 좌절감을 불러일으킨 것이다.

그것은 미하일도 마찬가지였다. 혈정을 통해 해석에 진전이 있기는 했지만, 그것은 일부분에 지나지 않았다. 미하일로서도 전체를 이해하기는 불가능했다.

어떤 것을 위한 자료인지는 알았지만 그로 인해 또다시 연구가 막혀 버린 것이다. 마치 다음 단계를 열려면 빗장을 풀어보라는 듯 모든 것이 멈춰 버렸다.

'그 때문에 이곳에서 쫓겨나야 했지. 그러다 북조선에서 두 사람을 발견한 것은 정말 행운이었다. 그 둘을 발견하지 못했다면 여기로 다시 돌아오지 못했을 테니까.'

성과가 없는 상태로 연구가 다시 지지부진해지자 총괄 책임을 졌던 미하일은 대가를 치러야 했다. 무능력을 이유로 프로젝트에서 제외되었던 것이다.

'그때는 정말 죽는 줄 알았지.'

연구에서 제외된 자들의 말로는 뻔했다.

쓸모가 없다고 판단된 연구원들은 보안을 위해 가차 없이 죽임을 당했다. 그것도 그냥 죽음이 아니라 자신들이 지금까지 진행해온 연구를 증명하기 위한 실험체로서 죽어 나가야만 했다.

그래도 몇몇이기는 하지만 그나마 쓸모가 있는 자들은 기회를 얻을 수 있었다. 중단된 연구가 다시 진행이 된다면 다시 합류시켜야 하기 때문이었다.

기회를 얻은 이들은 다른 곳으로 이송이 되어 다른 일을 해야만 했다.
미하일의 경우는 후자였다.
서기장의 병인을 찾아내고 완벽하게 제거하는 성과가 없었다면 총살을 당했을 테지만 다행스럽게도 좌천이라는 가벼운 처벌로 끝났다.
수뇌부에서 미하일이 아직은 쓸모가 있다는 판단하에 결론을 내린 때문이었다.
기회를 얻은 연구원들이 다른 비밀 연구소로 가야 했지만 미하일은 그나마 나았다.
좌천된 후 미하일이 간 곳이 바로 북조선이었기 때문이었다.
마침 북조선의 최고 지도자가 병에 걸렸고, 의사로서 상당한 실력을 가지고 있던 미하일이었기에 치료를 돕기 위해서 파견이 되었던 것이다.
북조선에 들어가 미하일이 간 곳은 최고 지도자의 치료와 건강을 돌보기 위해 만들어진 만수연구소였다.
지친 심신을 이끌고 북조선으로 향했던 미하일은 거의 자포자기 상태였었다.
임무를 마치고 돌아가도 본래의 자리로 복귀할 수 없다는 것도 그렇고, 언제든지 숙청을 당할 수도 있다는 사실에 절망에 빠져 있었던 것이다.
모든 것으로 포기하고 북조선에 도착한 첫날.

미하일은 만수연구소에 연구원으로 있던 차훈을 아주 우연히 만날 수 있었다.

마치 운명처럼 말이다.

'그래, 그날의 만남이 없었다면…….'

상부의 명령으로 연구소를 떠난 후 북조선으로 갔다. 비행기를 타고 평양 공항에 내린 후 사방이 가려져 밖이 보이지 않는 차를 타고서 만수연구소로 갈 수 있었다.

지하에 위치한 연구동으로 들어선 후 자신에게 배정된 연구실로 향해 가다가 복도 모서리를 돌면서 누군가와 부딪쳤었다.

그것이 바로 차훈과의 첫 만남이었다.

쾅!

우당탕!!

촤르르르르.

급하게 코너를 돌아서 뛰어오던 차훈과의 충돌로 인해 가지고 있던 가방이 열리면서 안에 들어 있던 서류들이 복도 바닥에 흩어졌다.

"죄, 죄송합니다."

사과를 하는 유창한 러시아어에 미하일은 청년의 얼굴을 바라보았다.

“이곳 연구원인가?”

“그렇습니다. 어디 다치신 데는 없으신 겁니까?”

“괜찮네.”

부딪치기는 했지만 그다지 다칠 만한 상황이 아니었다.

“다시 한 번 사죄드립니다. 긴급 호출 때문에 급해서 뛰는 바람에 불편을 끼쳤습니다.”

“여기는 최고 지도자를 위해 있는 곳이 아닌가. 급하면 그럴 수도 있지. 내가 실수한 면도 있고.”

미안함을 가득 담은 표정에 미하일은 그다지 기분이 나쁘지 않았다.

“그래도…….”

“정 미안하다면 그 쪽에 떨어진 서류나 좀 집어 주게.”

“예, 선생님.”

“선생님? 호오, 자네는 날 알고 있는 것 같군.”

“모스크바 대학에서 물리학, 수학, 의학, 생화학, 언어학 분야에서 박사 학위를 받으셨고, 강단에도 서셨던 미하일 선생님을 왜 모르겠습니까?”

“하하하! 이곳에서 나를 아는 사람을 볼 수 있다니 기분이 한결 나아지는군.”

좌천되어 오기는 했지만 자신을 알아보는 사람을 만나 미하일은 기분이 좋았다.

시베리아에 있는 연구소에 들어가기 전의 자신을 알아봐 주는 사람을 만난다는 것은 흔한 일이 아니었기 때문이다.

"저도 선생님을 만나 뵙게 돼서 기분이 정말 좋습니다."

삐! 삐! 삐!

"이런, 제가 말이 너무 많았군요."

허리춤에 채워진 호출기의 신호에 차훈은 흩어져 있던 서류를 재빨리 줍기 시작했다.

급한 호출이기는 했지만 평소 존경하던 사람과의 만남에서 예기치 않았던 실수를 만회하기 위해서였다.

"고맙네."

미하일도 흩어진 차훈을 따라 서류들을 줍기 시작했다.

"으음, 또 다른 세상과의 인연이라… 재미있는 것을 보시고 계시네요."

서류를 다 집은 후 맨 앞장에 있는 것을 보며 건네는 차훈의 말에 미하일은 충격을 받았다.

"자, 자네 이것을 읽을 수 있나?"

"하하하, 제가 언어학에 관심이 조금 많아서요. 중앙아시아 언어를 취미 삼아 연구하다가 고대 기록을 통해 보았던 문자와 비슷한 것 같습니다."

"자네, 정말 여기에 적혀 있는 문자가 무슨 뜻인지 알고 있다는 건가?"

"완전히 같지는 않지만 비슷해요. 뭐, 제 해석이 틀릴 수도 있으니 너무 믿지는 마시구요."

"으음."

해석이 틀릴 수도 있다고 말하고는 있지만 눈빛에는 확신이 서려 있었다.

무엇보다 차훈이 해석한 부분은 얼마 전 연구진들이 해석한 부분 중 하나였고, 차훈이 말한 것과 한치도 다르지 않았다.

"자……."

우우웅!

미하일이 조금 더 물어보기 위해 말을 하려는 찰나, 차훈의 허리춤에서 진동이 일었다.

"이런! 선생님, 전 이만 가봐야겠네요. 더 이상 늦으면 안 돼서요. 시간이 되면 다음에 뵈면 좋겠네요."

"알았네. 다음에 기회가 되면 보도록 하지."

호출기를 가리키며 급한 표정을 지어 보이는 차훈을 더 이상 잡을 수 없었던 미하일은 다음 기회를 보기로 했다.

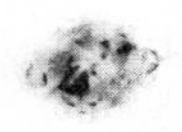

'그때 다른 세상과의 인연이라고 말했었지.'

첫 만남 후 최고 지도자의 치료를 위해 과정에서 차훈을 볼 수 있었다. 치료진에는 차훈도 합류해 있기에, 궁금했던 것을 확인할 수 있었다.

차훈이 자신이 연구했던 자료를 해석할 수 있다는 확인을 마친 미하일은 즉각 모스크바에 보고를 했다.

원하는 것을 얻기 위해서는 어떻게 해서든지 돌아가야 했기 때문이었다.

모든 것의 원천이라고 할 수 있는 금판을 해석할 수 있을지도 모르는 차훈의 발견은 모스크바를 분주하게 만들었다. 조사관이 파견되었고, 미하일의 보고를 확인했다.

연구를 재개할 방법을 찾아냈다는 사실에 모스크바에서는 즉각적으로 반응했다. 정식으로 북조선에 차훈의 파견을 요청했던 것이다.

원유를 비롯해 여러 가지 원조를 받고 있는 입장이었던 북조선으로서는 거절하기 어려운 제안이었다.

그렇다고 곧바로 제안이 받아 들여지지는 않았다. 북조선으로서도 차훈은 중요한 인물이었기 때문이었다.

북조선에서는 일단 차훈의 동의가 있어야 하고, 연구가 끝난 후 공화국으로 다시 돌아와야 한다는 조건을 붙였다.

차훈의 아버지가 최고 지도자의 건강을 책임지는 사람이었다. 차훈 또한 천재적인 의학 실력으로 인해 아버지의 뒤를 이어받는 것으로 이미 낙점이 되어 있었기 때문에 내건 조건이었다.

그다지 어려운 조건이 아니었기에 모스크바에서 승낙이 떨어졌다.

최고 지도자를 치료하는 동안 수시로 만날 수 있었기에 미하일은 차훈을 설득했다.

차훈이 승낙하자 이미 수뇌부들의 합의가 있었기에 러시아로 데려오는 것은 어려운 일이 아니었다.

'같이 데리고 가야 할 사람이 있다고 했을 때는 조금 곤란했었지만, 그것조차도 정말 천운이었어.'

약간의 걸림돌이 있었다. 차훈이 한 사람을 추천하면서부터였다. 만수연구소에서 동료로 재직하고 있던 추연미를 같이 데리고 가고 싶다는 것이었다.

같이 가지 않으면 가지 않겠다고 버티니 미하일로서는 사실 난감한 일이었다. 연인 사이로 여겨지는 터라 연구에 지장을 줄까 망설여졌기 때문이었다.

그러나 그것도 잠시였다. 어떻게 해서든지 차훈을 데리고 가야 했던 미하일로서는 승낙을 할 수밖에 없는 상황이었다.

그렇게 추연미를 연구소로 데리고 온 것은 신의 한 수였다.

차훈이 해석한 자료들을 실험하는 데 있어서 추연미를 따라올 연구원이 아무도 없었던 것이다.

'이제 거의 반쯤 왔다. 데이터가 조금 더 축적되고, 원하는 결과만 얻는다면 새로운 세계를 내가 제일 먼저 맞이할 수 있을 거다.'

연구를 하다 보니 욕심이 생겼다. 생명에 위험이 생기자 자연스럽게 생긴 욕심이다.

모스크바의 배부른 돼지들에게 연구 결과를 넘기고 싶지 않아졌다. 금판의 연구 결과를 차지하겠다는 결심을 굳혔다. 금판에 적힌 것들을 얻는다면 더 이상 목숨을 위협받을 일이 없을 것이기 때문이다.

무엇보다 영생과 권능은 누구와도 나눌 수 없는 것이었다. 권능이라는 힘을 얻는 순간, 더 이상 인간이라고 부를 수 없는 존재가 될 터이니 말이다.

'아직 시간이 있다. 검증이 이루어지고 있겠지만, 일부러 누락을 하고 있다는 증거는 찾을 수 없을 것이다.'

그는 지금까지 나타난 성과의 일부만을 모스크바로 보내고 있었다.

이제는 자료들을 어느 정도 이해하기에 모스크바를 완벽하게 속일 수 있었다.

그리고 자신이 중요한 부분을 누락하고 보낸다고 해도 모스크바에서는 검증할 수 없다는 것을 알고 있기에 염려는 하지 않았다.

'내 것이 되는 순간, 모든 것이 바뀐다.'

연구가 완성이 된다면 제일 먼저 혜택을 볼 것이고, 그것으로 세상을 지배하는 존재가 될 것이기에 손에 땀이 차올랐다.

'후후후, 인민을 위한다고 제 배만 불리는 돼지들은 처단되

어야 마땅한 일이지.'

그동안 자신이 꿈꿔왔던 유토피아를 실현시킬 수 있다는 생각에 미하일은 가슴이 뛰었다.

'문제가 될 만한 자료들은 회수를 하기는 했지만…….'

연체, 연기, 연성으로 이루어지는 일련의 자료는 차훈이 해석을 했다. 금판의 자료 중 가장 핵심이 되는 내용이었다.

자료를 본 후 해석한 것을 바탕으로 다른 자료들의 해석이 가능하다는 사실을 깨달은 후 조치를 취했다.

제일 먼저 차훈에게 건넸던 자료들을 모두 회수했다. 그리고 다른 연구원들에게 제공된 자료들도 마찬가지였다.

아직 미진하기는 하지만 차훈이 해석한 자료들의 검증이 끝나면 문제가 없었다. 권능과 영생에 관련한 것들은 차훈이 해석한 것을 바탕으로 자신이 마저 해석을 마치면 되었기 때문이었다.

'그나저나 두 사람이 문제로군.'

연구 성과에 대해 완전히 알고 있는 사람은 자신을 포함해 셋이었다.

차훈이 알고 있는 자료들도 문제가 될 소지가 다분하다. 더군다나 연미로 인해 생체 실험마저 완전해져 가고 있는 마당이라 두 사람을 그냥 둔다는 것이 미하일로서는 위험을 자초하는 일이었다.

'조만간 결정을 내려야겠군. 비밀이라는 것은 아는 사람이

적을수록 좋은 것이니 말이야.'

고민이 되는 일이지만 큰 방향은 잡았다.

세상을 지배하는 힘은 나누어져서는 안 된다는 것이 미하일의 생각이었다.

'조금 더 지켜보도록 하자. 아직은 쓸모가 있을지 모르니 말이야.'

두 사람을 지속적으로 감시하는 이유도 어떤 방식으로 처리할지 결정하기 위해서다.

어떤 방식으로 두 사람을 처리하느냐가 문제지만 그것도 조만간 결정을 내리게 될 것이다.

어느 정도 마음을 정한 미하일은 주머니를 뒤져 은백색의 라이터를 꺼냈다.

팅!

금속이 튕겨지는 맑은 소리와 함께 뚜껑이 열렸다.

치—익!

화르르르!

라이터에서 솟아 오른 불길이 리포트에 옮겨 붙었다.

딸칵!

라이터를 닫은 미하일은 붉은 불꽃을 피워 올리며 타오르는 종이를 바라봤다.

"후후후후!"

붉게 타오르는 불빛이 자신의 미래를 환히 비춰 주는 것 같았다.

비밀의 근원을 파헤쳐가는 열쇠이자 자신을 새로운 세상으로 이끌 길잡이였다.

미하일은 리포트가 거의 다 타자 아직 불씨가 남아 있는 재를 재떨이에 넣었다.

탁! 탁!

옆에 있던 궐련을 집어 들어 불이 꺼진 종이 재를 부셨다.

"이럴 때는 한잔해야겠지."

자리에서 일어난 미하일은 벽장으로 가서 잔과 보드카를 꺼내와 책상에 다시 앉았다.

쪼르르르!

술잔에 보드카를 따랐다.

팅!

치―익!

라이터를 다시 열고 불을 켠 미하일은 재를 부신 궐련에 불을 붙였다.

뻐끔.

"흐으음."

궐련에서 피어오르는 푸른 연기가 사방으로 흩어지며 시야를 몽롱하게 만들었다.

"꿀꺽!"

잔에 담긴 보드카를 집어 든 미하일은 단숨에 그것을 비워

버렸다.
"카아! 좋군."
오늘도 기분 좋은 마감이었다.

제2 장

차훈은 연미와 헤어진 후 집 안으로 들어와 옷을 벗었다.

그리고 침대에 앉아 가부좌를 틀고는 곧바로 기감을 펼쳤다. 기감은 이곳에서 연구하고 있는 금판에 적혀 있는 미지의 서를 통해 알게 된 능력 중 하나다.

동물은 위기를 느끼는 능력이 있다.

자연이 생물체에게 준 초능력이다. 기감은 이런 본능을 강화해 자신에 위험이 되는 요소를 알 수 있는 능력이다.

기감은 미지의 서에 적혀 있는 연체, 연기, 연성으로 이루어진 삼위일체의 기법 중 하나다.

완성을 하게 되면 자신에게 위험이 되는 요소의 파장을 읽을 수 있는 아주 특별한 능력이다.

기척을 읽은 첫 번째 단계와 기를 읽는 두 번째 단계는 비교적 쉬운 편이지만, 세 번째 단계인 생각의 파장을 좇는 일은 쉽지가 않은 일이다.

수련하기 무척이나 까다로운 것이어서 세 번째 단계는 지금에서야 약간의 성과가 나타나고 있는 중이다.

기감을 사용하기 위해서는 정신 집중이 필수라고 할 수 있다. 실시간으로 생각의 파장을 읽어야 하는 탓에 집중하기 힘든 차 안에서는 펼칠 수 없어 주변이 평온해진 지금에야 시도하는 것이다.

'어디!'

능력자라면 알아차릴 수도 있기에 주변에 깔려 있는 파장을 조심스럽게 읽어나갔다.

'잠들지 못하고 내 생각을 하는 모양이구나.'

제일 먼저 느껴지는 것은 연미의 파장이다.

묘한 감정이 섞인 연미의 파장이 느껴졌지만 중요한 것은 미하일의 파장을 찾는 것이다.

'지금은 연미에게 신경을 쓸 때가 아니다.'

정신을 집중하자 연구소를 떠나 모스크바로 가기 전에 읽었던 미하일의 파장이 희미하게 느껴졌다.

'브리턴에서의 경험이 도움이 되는구나.'

점점 더 느낌이 명확해진다.

브리턴에 있었을 때 차원의 기운을 느끼던 감각이 도움이 된 것 같다.

이곳에서는 약간의 성취만 있었던 것 같은데 세 번째 단계가 빠르게 높아지고 있으니 말이다.

'사라지기 전에 최대한 빨리 추적해야 한다.'

생각의 잔상이 흩어질 수도 있기에 서둘러야 했다.

여러 가지 파장을 피해서 미하일의 파장 가까이 내 기감이 다가섰다.

'으음, 이거다.'

미하일의 것임을 확신할 수 있었다.

'생각보다 쉽다.'

생각의 파장을 특정해서 누군가를 찾아낸다는 것이 쉽지가 않은 일이다.

비약적으로 상승된 기감 때문인지 찾아낸 생각의 파장에서 미하일의 것임을 확인하는 것은 그리 어렵지 않았다.

그만큼 세 번째 단계가 높아졌다는 뜻이기에 가슴이 뛰었다.

'따라간다.'

누군가라는 것을 알고 파장을 느낄 수만 있다면 역으로 추적하는 것은 그리 어려운 일이 아니다.

예상을 한 대로 파장을 찾은 후 거슬러 쫓아가는 것은 일도 아니었다.

내 생각과 의지가 미하일의 파장을 따라 빠르게 거슬러 올라

가는 것을 느끼며 길을 잃지 않기 위해 마음을 집중했다.

'드디어 마주하는구나.'

파장의 끝에는 역시나 미하일이 있었다. 결코 잊을 수 없는 미하일의 파장 속에 의식을 들이밀었다.

빠르게 읽혀지는 그의 의식을 살피며 예상이 틀리지 않았음을 알 수 있었다.

'으음, 역시나 우리를 지켜보고 있었군.'

미하일은 나와 연미를 지켜보고 있는 중이다.

연구소 내 프로젝트별 섹터를 제외하고 전력에 깔려 있는 CCTV와 도청기를 통해 일거수일투족을 감시하고 있는 분석 팀이 있다. 미하일은 분석 팀의 상황실에서 지금 나와 연미를 지켜보는 중이다.

'다른 때는 불가능했지만 잘하면 오늘은 될 수도 있을 것 같다.'

주변 상황을 감지하는 것은 늘 하는 일이지만, 그동안은 그저 누군가 우리를 감시하고 있나 확인하는 것에 그쳤다.

그렇지만 오늘은 무척이나 특별해질 것 같다. 이제 기감이 세 번째 단계에 올라서 정신 집중만 잘한다면 상대의 생각을 읽을 수도 있을 것 같으니 말이다.

사실 상대의 의식을 읽는다는 것이 쉽지만은 않은 일이지만, 내 감을 믿어보기로 했다.

미하일의 생각하고 있는 동안 나타나고 있는 파장을 세밀하게 살폈다.

'조금이지만 생각이 읽힌다.'

예상한 것이 맞았다. 상대를 정확히 인식하고 기감을 펼친 까닭인지 약간이나마 미하일의 생각이 읽혀졌다.

생각에 대한 인지 방법에 대해서는 미지의 서를 통해 알았지만 쉽지 않은 일이었다.

갈피를 잡지 못하다가 실제로 사람의 생각을 읽는 방법을 깨달은 것은 보안 감사를 실시하는 초능력자를 통해서다.

뇌파를 통해 감정을 느끼는 것이 가능해진 후 노력을 한 결과 생각을 인식하는 법을 깨우쳤다.

그렇게 깨우치기는 했지만 실제로 사용하게 된 것은 얼마 되지 않았다. 그동안 여러 번의 실패를 겪어야 했고, 한때는 좌절까지도 했었다.

그런데 오늘은 너무 수월하다. 모두가 브리턴에서 경험하고 온 것 때문인 것 같다.

'집중하자.'

흥분이 일었지만 마음을 가라앉혔다.

잠시라도 딴 생각을 했다가는 끊어져 버릴 수도 있기에 매우 집중해야 하는 일이다.

그렇게 미하일이 하고 있는 생각을 읽어나갔다.

'어렵기는 하지만 내가 의식에 접근한 것을 알아차리지 못하는 것 같으니 잘만 하면 깊은 곳까지 읽을 수 있을지도 모르

겠다.'

자신의 생각이 누군가에게 환하게 읽혀진다고는 전혀 생각하지 못할 것이다.

'그렇다고 방심해서는 안 되겠지.'

다른 이들은 잘 모르지만 미하일은 능력자다. 알아차릴 수도 있기에 감정을 억제하며 천천히 미하일의 생각을 자세하게 읽어나갔다.

'미하일 이자는 욕심을 가지고 있군. 예상한 대로야.'

실시간으로 전해지는 생각을 통해 연구소에서 벌어지는 일에 대해 대강 파악을 할 수 있었다.

그리고 미하일이 우리를 어떻게 생각하는지에 대해서도 확실히 알 수 있었다.

'으음, 아직 미숙해서 그런가 머리가 아프구나. 이제 어느 정도 확인을 했으니 끝내자.'

미하일의 생각을 다 읽었을 무렵 머리가 아파왔다. 브리턴에서의 경험이 있다고는 하지만 아직 숙달되지 않은 상태다.

자료에 적힌 경고대로 기감의 세 번째 단계는 너무 오래 펼치지 않는 것이 좋았다.

'아직 숙련이 되지 않아서 이 정도지만 완전히 내 것으로 만든다면 시간을 더 벌 수 있을 테니…….'

더 이상 무리를 했다가는 문제가 될 수도 있기에 기감을 걷었다.

기감을 걷자마자 두통은 가라앉았다.

찌르르!

'끄응! 브리턴에서의 경험이 다 적용이 되는 것은 아니로군.'

눈을 뜨고 자리에서 일어나려니 다리가 저려왔다. 허벅지 안쪽은 물론 등 어름까지 뻐근하다.

가부좌를 틀고 내기를 돌리는 것이 영 껄끄럽다.

매영에서 나름 수련을 하기는 했지만 내기를 돌리는 것이 틀려서 발생하는 현상이다.

'역시 힘들군. 적응이 되지 않아서 그런가? 초기 단계인데도 이렇게 힘들다니, 아직도 멀었군. 좀 더 분발하자.'

시작을 한 지 얼마 되지 않아 익숙하지 않아서 그럴 것이다. 계속해서 수련하면 더 좋아질 것이다.

'그나저나 미하일이 그런 생각을 가지고 있었다니, 사람이란 역시 믿을 것이 못되는군. 그나마 마지막 결정을 미뤄둔 것은 미안함 때문인가?'

우리에게 미안한 마음을 가지고 있다고는 해도 그가 내릴 결정은 하나뿐일 것이다. 욕심을 가지기 시작한 이상 눈에 보이는 것이 없을 테니까 말이다.

'그나저나 이제는 어떻게 한다.'

믿을 수 있는 사람은 거의 없다는 내 생각이 맞았다. 이제 맞춰서 대응하면 그만이지만 걸리는 것이 너무 많았다.

'큰일이군. 포켓은 이미 완성을 했지만 내 것을 쓸 수는 없

고, 연미 것으로 만들게 되면 시간이 없어 안정성을 확보할 수 없으니 말이야.'

유전자 샘플을 보관할 수 있게 만들어진 포켓은 단백질로 만들어진다.

스캔에 걸릴 수 있기에 당사자의 생체 조직을 활용할 수밖에 없는 상황이다.

'문제는 시간이다.'

미하일이 결정을 내리기까지 시간이 많이 남아 있을 리는 없었다. 셀 포켓을 만든다고는 했지만 연미의 체세포로 만들려면 시간이 너무 없었다.

'연미의 말대로 남자의 Y염색체에 극렬하게 반응을 하지만 딱히 그런 것도 아닌데 설명을 할 수 없으니 답답하군.'

현실의 내 기억을 받아들이면서 연미와의 일을 제일 먼저 확인했지만, 보다 중요하게 생각한 것은 따로 있다.

바로 이 연구소에서 진행하고 있는 연구다.

회귀 전에 인간이 아닌 실험체로서 이곳에서 지냈기에 무엇을 하는 곳인지 누구보다 잘 안다.

영생과 권능을 얻기 위한 다양한 실험들이 이곳에서 진행이 되고 있는 중이다.

원래 본격적인 연구는 앞으로 10년 후 정도부터나 시작이 된다. 현실의 내가 해석해 준 것이 아니더라도 얼마 있지 않아 미하일이 두 번째 각성을 해 금판이 해석되니 말이다.

나로 인해 실험의 진행은 회귀 전보다 빨라졌다.

그로 인해 미하일의 2차 각성이 늦춰진 것 같지만 그의 생각을 읽어보니 마음을 놓을 상황이 아니다.

내가 해석한 것으로 인해 그의 각성이 촉진된 것 같으니 말이다.

연구의 최종 결과물은 이미 나왔다.

인간의 유전자를 완전히 변형시켜 새로운 종으로 태어나게 할 수 있는 줄기세포가 만들어졌으니 말이다.

연미가 불안해하지만 내가 만든 것은 완벽하다. 연미가 겪었던 폭발은 절대 일어나지 않는다.

폭발이 일어난 것은 실험이 인간의 의지가 개입되지 않고 세포 단위에서만 진행되었기 때문이다.

하지만 내가 만든 것은 인간의 의지로 변형시킬 수 있는 줄기세포다. 그것도 내가 프로그래밍한 대로 말이다.

의지를 일으켜 정확한 절차를 따르지 않는다면 폭발하도록 만들었으니 연미의 실험은 원래 하나마나한 것이었다.

현실에서의 내가 마지막 보루로 세심하게 준비하고 있었던 것이 바로 그것이었다.

모든 것이 실패하더라도 미하일이나 모스크바에서 우리를 쉽게 죽일 수 없도록 하는 최후의 카드로 말이다.

'그렇다고 연미의 뜻을 저버릴 수도 없고, 그때 그 일만 아니라면 우기기라도 할 텐데 말이야.'

연미를 내 것으로 만들어 버린 탓인지 몰라도 내 마음대로는 할 수 없다.

현실의 기억대로라면 연미는 나를 위해 자신의 가장 소중한 것을 희생했으니 말이다.

'기쁘기는 하지만 그날은 제정신이 아니었다. 정말.'

처음 만난 후 친구처럼 지냈다. 여자로 생각한 적이 한 번도 없었는데 그날만은 달랐다.

반박을 하는 논리를 세우고 자신의 의견을 조리 있게 말하는 모습이 얼마나 예쁘던지.

'술이 문제였다. 그놈의 술이…….'

숙소로 돌아와 빈속에 먹은 술이 문제였다. 그것도 알코올이 60%에 육박하는 순도 높은 보드카를 말이다.

덕분에 많은 것이 달라졌다. 연미가 말하는 것이라면 무엇이든지 들어줘야 한다.

내 목숨과 맞바꿔도 아쉽지 않을 선물을 내게 줬으니 말이다. 그 때문이라도 연미가 위험한 일을 감수하게는 할 수 없는 일이다.

'연미는 아직 모르고 있지만 태기가 있다. 임신을 한 상태에서 체세포에 집어넣은 포켓이 터지기라도 한다면 그보다 끔찍한 일은 없을 거다.'

연미에게 샘플이 담긴 포켓을 삽입하는 것은 결코 찬성할 수 없는 일이다.

사랑하는 이를 잃는 것은 물론이고, 이제 막 형상을 갖추기 시작한 자식이 세상의 빛을 볼 수 없을 지도 모르니 말이다.

'결국 연미를 속이는 것밖에 없는 건가? 하지만 하루 종일 같이 붙어 있으니 연미가 모르게 할 수 있을지 모르겠군.'

머리가 너무 아파왔다. 극비를 요하는 일이라 연구는 둘이서만 진행한다. 한 번 연구 섹터에 들어가면 열흘간은 꼼짝없이 같이 있어야 한다.

섹터에 마련된 개인 공간이 있기는 하지만 포켓에 샘플을 집어넣는 작업은 연구실에서 해야 하기에 연미의 눈을 속일 수는 없을 것 같다.

'어쩔 수 없는 일이다. 미안한 일이지만 이번 한 번만 연미에게 능력을 쓰자. 기감이 세 번째 단계에 올라 가능할 것도 같으니 말이다.'

이틀 후 다시 연구소로 들어간다.

몇 가지 준비만 한다면 연미의 눈을 속이고 작업을 진행할 수 있을 것 같다.

'아버지, 제발 부탁합니다. 시간을 잘 맞추셔야 연미와 제가 삽니다.'

현실의 나는 러시아로 오기 전부터 준비를 해둔 것이 있다.

만수연구소에서 미하일의 연구 일지를 본 후 어느 정도 상황을 예측했기 때문이다.

예상대로 미하일의 요청에 따라 러시아에서는 자신을 요구했고, 조건을 걸기는 했지만 최고 지도자는 거절하지 못했다.

자신을 원할지도 모른다는 생각을 하자마자 조치를 취했다. 공화국을 떠나기 전에 아버지에게 2년이 지나면 강력하게 자신의 귀환을 요구해 달라는 부탁을 했다.

의아해하는 아버지에게 미하일에 대해 설명했다.

오래전부터 러시아의 비밀 실험에 관여하고 있을지도 모른다는 이야기였다.

비밀 실험에 관여하는 연구원들이 어떤 종말을 맞는지 잘 아시는 아버지는 부탁을 들어 주기로 약속을 했다.

혹시나 완전한 귀환을 들어주지 않는다면 몇 달 간만이라도 귀국하게 해달라는 요구를 해달라고 했다.

'공화국으로 가면 시간을 벌 수 있다. 그 시간은 우리를 삶으로 이끌 것이고.'

이제 3주 후면 딱 2년이다.

아버지는 최고 지도자에게 요청을 했을 것이고, 모스크바에서는 귀환 문제에 대해서 고민을 하고 있을 시간이다.

연구가 아직 진행 중이라고 알고 있기에 아버지의 요청이라면 얼마 있지 않아 공화국으로 돌아가게 될 것이다.

공화국에 가면 갇혀 있는 상황이 아니기에 살아남을 수 있는 시간을 얻을 수 있는 것이다.

'미하일은 자신의 욕심 때문에 지금까지 연구한 것을 제대로 보고하지 않았다. 모스크바에서도 아직 연구할 것이 많이 남아 있다고 생각하고 있을 테니 귀환 허가까지는 아니겠지만 단기 휴가 정도는 허락을 할 것이다. 나로서는 미하일이 제대로 보고하지 않은 것이 다행일 수밖에 없는 상황이로군.'

아직 연구 성과가 제대로 나타나는 것도 아니고 공화국을 무시할 수 없는 러시아로서는 들어줄 수밖에 없을 것이다.

'기감이 이번에 제대로 성공한 이상, 이제 연체, 연기, 연성은 끝났다고 할 수 있다. 그럼 다음 부분으로 넘어가야 하는데 이곳을 떠나기 전까지 첫 번째 단계에 들 수 있을지 모르겠구나.'

빠르면 열흘 후에, 늦어도 20일 후에는 이곳을 떠나게 될 것이다. 그렇지만 공화국에 돌아간 뒤라도 절대 안심을 할 수 없는 상황이다.

'설사 완전한 귀환이 이루어진다고 해도 러시아에서는 지속적으로 나를 감시를 할 것이다. 혹시라도 내 행동에 의심을 품는다면 비밀을 엄수하기 위해서 암살을 시도할 수도 있을 거다. 그런 상황을 이겨내기 위해서는 반드시 첫 번째 단계에 들어야 한다. 반드시!'

강한 자가 살아남는 것이 아니라 살아남는 자가 강한 것이라고는 하지만 그것도 그럴 만한 역량을 갖추고 있을 때나 가능한 일이다.

거대한 국가권력과 상상을 초월하는 능력을 지닌 이들에게서 살아남으려면 기본적으로 능력이 있어야 한다.

연구소를 떠나기 전에 반드시 성취를 얻어야 한다. 내가 가지고 있는 힘을 쓸 수 있는 성취를 말이다.

'그렇지만 능력을 갖춘다고 해도 돌아간 이후에는 시간을 버는 것 이외에는 특별한 방법이 없구나.'

세상에 홀로 남겨졌을 때 유일하게 자신을 지켜준 이가 아버지지만, 귀환 요청 이외에는 기댈 수가 없는 상황이다.

자신이 최고 지도자의 차기 주치의 자리를 예약했다고는 하지만 아무런 소용이 없다.

예상이기는 하지만 아버지가 후계자에게 밉보인 상태라 머지않아 숙청 대상이 될 것이니 말이다.

사실 최고 지도자는 너무 오래 집권을 했다.

아버지가 나를 처음 만났을 때 장기 집권에 불만을 가졌던 후계자는 모종의 음모를 계획했었다.

후계자의 음모를 막은 사람이 아버지였으니 절대 가만 두지 않을 것이다.

'아버지에게 의심을 샀으니 후계자인 그는 더 이상 참지 않을 것이다. 그때는 명분을 위해 과격한 방법을 쓰지 않았지만 이제는 아닐 것이다. 모든 것을 숨기고 있는 최고 지도자도 마찬가지고.'

권력을 잃었다고는 하지만 최고 지도자도 결코 만만한 사람이 아니다. 지금은 가만히 있지만 전세를 단번에 역전시킬 감춰둔 패를 가지고 있을 것이다.

최고 지도자는 자신의 권력에 도전한 자를 하나도 살려두지 않았다. 자신에게 도전한다면 설사 아들이라고 해도 살려두지 않을 사람이다.

후계자 또한 그런 사실을 알고 있으면서도 과감히 행동하게 될 것이다. 흑운을 통해 충분히 자신감을 가지게 됐을 뿐만 아니라, 최고 지도자가 감춰둔 패를 상대할 만한 것이 있기 때문이다.

후계자나 최고 지도자가 이런 상태를 유지하고 있는 것은 서로에게 비수가 될지도 모르는 감춰진 패를 아직 완전히 파악하지 못했기 때문이 확실하다.

먼저 드러나는 쪽이 치명적인 타격을 입을 정도로 강력한 패니 서로 조심하며 상대의 패를 탐색하는 중일 것이다.

'하지만 유리한 것은 후계자다. 최고 지도자의 패는 어느 정도 드러나기 시작했을 테니까.'

최고 지도자는 러시아연방과 모종의 깊은 관계가 있다. 이곳 연구소에도 깊게 관여가 되어 있을 것이다.

미하일이 직접 모스크바에 간 것을 보면 바깥의 상황이 심상치 않게 돌아가고 있음을 뜻한다. 최고 지도자 또한 움직이고 있을 테니 후계자도 반드시 움직일 것이다.

'내가 떠나올 때도 이미 군과 당을 반수 이상 장악한 상태였다. 준비하고 있는 수가 무엇인지 몰라도 회귀 전에 알려진 대로라면 최고 지도자는 절대 후계자를 이길 수 없다.'

이미 군부와 당을 자신의 사람으로 완전히 대체했을 것이다. 그리고 지금쯤 흑운을 이용해 최고 지도자가 감춰둔 패가 무엇인지 알아냈을 것이다.

후계자는 공화국을 자신의 것으로 만들고, 최고 지도자가 얻고자 하는 것은 빼앗으려 할 것이다.

감춰둔 패가 무엇인지 파악을 했다면 최고 지도자가 무엇을 원하고 있는지 이제 어느 정도는 알아차리고 있을 테니까 말이다.

'만약 알고 있다면 빤한 수순이지…….'

쿠데타가 성공하면 이후에는 빤했다.

최고 지도자와 관련한 모든 것을 지우려 할 것이 분명하다. 명분에 해가 되는 것은 단 하나 예외 없이 말이다.

'느껴지는 것으로 봐서는 아버지도 자신의 처지를 예감한 것이 분명하다.'

얼마 전부터 읽히기 시작한 아버지의 파장은 매우 불안정하다. 아버지도 자신이 위험하다는 것을 본능적으로 느끼고 있는 것 같았다.

'후계자의 촉수가 아버지에게 붙었을 테니 아무 것도 할 수 없으실 거다. 지금으로서는 내 부탁대로 최고 지도자에게 나를 돌아오게 해달라는 것이 아버지가 할 수 있는 최선일 것이다.'

아버지도 숙청 대상에서 예외는 아닐 것이 분명했다. 실력이 있는 천재 의사라 할지라도 살아남을 수 있는 보장이 없는 상황이다.

지금은 흑운이 감시를 하고 있을 테니 공화국에 돌아간다고 해도 사실 아버지를 구할 길은 없다. 아버지의 도움을 기대한다는 것도 어리석은 일이다.

죽의 장막보다 더 철저히 가려진 곳이 바로 공화국이다.

철의 장막이라고 불리는 그곳은 철저하게 권력자를 중심으로 돌아가는 시스템이다.

권력자를 상대로 한 개인의 저항은 그저 개미의 힘없는 몸짓에 지나지 않는다.

반항을 하는 순간 거대한 권력 앞에 녹아내릴 것이다. 그리고 후계자에게 흑운이 있는 이상 상황을 역전시킨다는 것은 불가능하다.

'지금의 나로서는 후계자를 막을 길이 전혀 없다. 그래도 공화국으로 가야만 한다. 모든 것을 정리하고, 내 문제를 해결할 수 있는 모든 해답이 바로 그곳에 있으니까.'

위험한 일이기는 하지만 반드시 공화국으로 돌아가야 한다. 아버지를 위해서도 그렇고, 연미를 위해서도 현재로서는 그것이 최선이다.

어차피 이곳에서 화를 당하느니 돌아가는 것이 백 번 나은 상황이다.

아무리 후계자가 철두철미하고 흑운이라는 이면 조직이 있다고는 하지만 공화국에서는 그나마 기회를 얻을 수 있을지도 몰랐다.

무엇보다 연미의 아버지는 후계자의 최측근이다. 만수연구소에서 연미가 합류한 것도, 이곳에 오게 된 것도 연미 아버지의 입김이 작용해서다.

아내와 함께 딸이라면 물불을 가리지 않는 연미 아버지가 그리한 것은 후계자의 지시가 아니라면 있을 수 없는 일이다.

후계자도 러시아와 최고 지도자가 얻고자 하는 것에 욕심을 내고 있음이 분명하다. 그러니 나와의 연관성만 없다면 연미에게는 별다른 문제가 발생하지 않을 것이다.

'그렇지만 아버지는…….'

하나하나 순서대로 상황을 정리해 짚어봤지만 아버지에 대한 부분에서 막혀 버렸다.

'자신의 손에 죽음을 당하신 분들에게 속죄하기 위한 기회를 찾으시던 아버지다. 어쩌면 아버지는 자신의 죽음을 준비하고 계실지도 모른다.'

이런 상황이라면 아버지의 행보가 예상이 된다.

나를 키워낸 것을 최고의 자랑으로 여겼던 아버지다. 그것으로 세상에 빚진 일부분이나마 갚았다고 생각하시는 분이다.

여기에 오기 전에 천곤과 성과들을 내게 전하고 세상에 베풀라 말하셨다.

앞으로 자신에게 닥칠 상황을 짐작하신 것이 틀림없다.

'아버지는 자신의 죽음을 순순히 맞이하실 가능성이 높다.

그렇다면…….'

안타까운 마음에 가슴이 무너질 것 같지만 냉정하게 생각해야 할 때다. 아버지도 그리 원하실 것이기 때문이다.

'아버지를 구하는 것도 문제지만 더 큰 문제는 연구하신 성과물과 기록들이다. 그것들이 세상에 나온다면 돌이킬 수 없는 결과를 초래할 수도 있다.'

아버지의 연구한 성과들과 핵심이 되는 기록들은 모두 세 곳에 보관되어 있는 중이다.

하나는 당신의 머릿속이고, 다른 하나는 만수연구소에 있다. 그리고 마지막은 내 뇌리에 기억되어 있다.

아버지는 자신이 연구한 것들이 공화국에 남지 않기를 원하셨다.

연구한 성과들이 최고 지도자나 후계자를 위해 쓰이는 것도 싫어하셨다. 그리고 연구 기록들도 세상에 알려지는 것을 꺼려하셨다.

이유는 다른 것이 아니다. 아버지가 만들어 낸 성과물들은 인간의 희생을 바탕으로 만들어지는 것이기 때문이다.

성과물들은 한두 명이 아니라 수천 명의 희생이 있어야 만들어진다. 끔찍하고 잔혹한 방법으로 말이다.

그래서 아버지는 자신이 연구한 기록들을 없애길 바라셨다. 능력을 향상시키는 일에 어떤 희생도 주저하지 않는 것이 이면 조직들이다. 그것들이 알려질 경우 수많은 이들이 희생될 것이 뻔했기 때문이다.

아버지는 나에게 천곤과 유진들을 전한 후 그것들을 없애 버릴 기회를 엿보았지만 실패하셨다.

후계자 측에서 흑운을 동원해 만수연구소를 전격적으로 점거한 탓이었다.

'더군다나 지금은 마음대로 움직이지도 못하실 테니 연구 기록과 성과물들을 없앨 수 있는 기회는 사라져 버린 것이나 마찬가지 아닌가.'

최고 지도자의 지시로 내 귀환 요청이 이루어졌다면 후계자가 할 행동은 뻔했다.

난 아버지의 모든 것을 이어받았다. 더군다나 러시아에서 가지고 있는 것들도 연구를 했다.

내가 돌아가게 되면 후계자는 모든 것을 얻을 수 있는 상황이다.

그러니 흑운이나 후계자로서는 아버지의 돌출 행동으로 내가 공화국으로 돌아가지 않는 것이 큰일일 것이다.

'후계자는 아버지를 곧바로 연금했을 것이다. 변수를 허락하지 않는 흑운의 행태를 보면 그것은 자명하다. 그러니 공화국으로 돌아가게 되면 나 또한 아무도 모르는 곳에 연금이 될 가능성이 무척 높다. 내가 가지고 있는 것들을 아무도 모르게 얻기 위해서.'

아버지가 나에게 연락할 수 있는 모든 외부 접촉을 차단하는 것은 당연한 일일 것이다.

그리고 자신들이 무엇인가 얻은 것을 감추기 위해 나를 별도의 장소에 감금하고 정보를 캐낼 것이다.

'내가 예상한 것을 벗어나지 않는다면 만수연구소로 들어가는 일은 어렵겠군.'

이곳에 오기 전에 흑운에서 나온 자들이 만수연구소의 장악을 완전히 끝냈다.

핵심이 되는 것은 빠졌지만 그동안 흑운이 가만히 있을 리가 없다. 아버지가 이뤄놓은 성과들을 이용해 흑운에서는 자신들의 연구를 진행시켜 왔을 것이다.

그것들을 내게 보여주고 싶지 않을 테니 만수연구소로 들어갈 수는 없을 것이다.

'그리고 내가 막아놓기는 했지만 흑운이라면 얼마 지나지 않아 비밀 공간을 발견할 가능성이 높다.'

지금까지 파악해 놓은 것으로 봤을 때 흑운은 다른 이면 조직들과 비교해 봐도 불가사의한 조직이다. 어떤 힘을 가지고 있을지 파악이 안 되는 조직이니 비밀 공간에 대해서 알아낼 가능성이 크다.

'움직이는 모습을 봐서는 아직 발견이 되지 않은 것 같지만 어떻게 해서든지 만수연구소에 있는 것들을 폐기해야 한다.'

비밀 공간에 대해서 알아냈다면 벌써 소환이 이루어졌어야 정상이다.

발견이 되었다면 이곳에서 연구되고 있는 것만큼이나 중요한 것들이라는 것을 알아차렸을 테니 말이다.

'연구소로 들어가서 성과물들을 폐기하는 방법을 강구해야 하는데 걸림돌이 너무 많다.'

제일 큰 걸림돌은 아직도 흑운이 가진 힘을 정확하게 파악하지 못하고 있다는 것이다.

'인연이 되어 부자지간이 되었지만 아무것도 바라지 않고 날 위해 사신 분인데 이곳에 갇혀 아무것도 하지 못하는 신세라니, 내가 생각해도 처량하군.'

죽음을 생각하고 계실 아버지를 위해서 내가 할 수 있는 일은 하나뿐이다.

아버지가 연구한 기록들과 성과물들을 폐기하는 것.

죽음이 목전에 다가왔을 때 위험을 무릅쓰고 내게 구원의 손길을 내밀었던 아버지다.

브리턴에서 내가 가진 힘을 잃어버린 것이 너무 아쉽다. 소원을 들어드리지 못할지도 모른다는 사실에 마음이 아프다.

'아버지의 바람을 들어드리려면 더욱 정진해야만 한다. 머릿속에 들어 있는 것들을 완벽하게 소화해 내야만 하고. 여기에 있는 것을 내 것으로 만들 수만 있다면 기회가 생길지도 모르니.'

방법은 하나뿐이다. 일부러 생각하지 않았는데 이렇게 되면 모든 준비를 이곳에서 끝내야 한다.

'공화국에 가서 곧바로 움직여야 하니 최대한 서두르자. 우선 이곳에 감춰진 비밀 하나를 가져야겠다.'

내가 무엇을 해야 할지 정리를 끝냈다.

내가 지금 가지고 있는 것들을 완벽하게 습득하는 것과 이곳의 비밀 한 가지를 가로채는 것이다.

이 연구소에는 블리자드나 미하일도 모르는 비밀이 하나 있다. 아주 오래전, 이곳에서 일어났던 의문의 폭발의 잔해가 지하 깊은 곳에 남겨져 있다는 것이다.

'앞으로 10년 정도 지나면 공간 이동 능력자의 실수로 인해 발견이 되지만 지금은 아무도 모를 테니 내가 가로채도 모를 것이다.'

나도 직접 보지는 못했지만 미지의 에너지가 지하 깊숙한 곳에 있다. 회귀 전에 연구원들에게 들은 바로는 이 에너지는 결정의 형태로 존재하는데, 가공할 경우 능력자들의 능력을 향상시킨다고 한다.

전에는 몰랐지만 브리턴에서 알게 된 대로라면 하탄이 벌인 일의 결과로 만들어진 에너지일 가능성이 매우 높다.

'내가 흡수할 수 있느냐가 관건이기는 하지만 지금까지의 경험으로 봤을 때 충분하다.'

수기와 화기를 비롯해 오행의 기운을 극한까지 흡수해 본 경험이 있다. 젠을 통해 마나라는 것도 흡수해 봤으니 문제는 없을 것이다.

'그곳까지 가는 것도 그렇고, 이 육체가 견딜 수 있을지 모르지만, 이제 밀고 나가는 수밖에는 없다. 방법은 하나뿐이니까. 이제 눈을 좀 붙이자.'

사실 오늘 너무 무리를 했다. 허약한 상태로 능력을 과도하게 사용한 면이 없지 않아 있다.

생체 밸런스가 무너지면 하나도 도움이 되지를 않으니 이제 자야할 시간이다.

'자는 것은 자는 것이지만, 무작정 자면 안 된다. 지금부터는 셋째 아저씨에게 배운 것을 한 번 해보자. 제일 게을렀던 아저씨지만 첫째 아저씨보다 더 강한 것은 꿈속에서도 수련을 할 수 있어서라고 했으니까 내게 도움이 될 거다.'

이제부터 모든 것을 활용해야 한다. 아버지를 만나기 전에 스승님과 아저씨들에게 배운 것들 모두 말이다.

정치범 수용소에 있을 때 아저씨들은 내게 많은 것을 가르쳐 주셨다.

스승님의 눈치 때문에 대놓고 가르침을 주지는 않았지만 당신들이 가지고 있는 정수들은 전부 전수해 주셨다.

사실 스승님도 아저씨들이 나를 가르치고 있다는 것을 알아차리셨지만 모르는 척 눈을 감으셨다.

능력이 모두 폐쇄되어 수용소를 탈출하기도 어려운 상황이라 후계를 두기 어려웠던 아저씨들은 나를 통해 자신들이 가진 것이 세상에 전해지기를 바라셨던 것 같다.

지금부터 내가 하려고 하는 수련은 셋째인 장운 아저씨에게서 배운 것이다.

조금 털털한 장운 아저씨는 다른 아저씨들과는 다른 형태의 수련을 하던 분으로, 특이한 수련법을 하나 배웠다.

수련하는 시간을 늘리는 방법으로 잠을 자면서도 할 수 있는 것이었다.

'이제 시작하자. 호흡부터 맞추고…….'

아저씨가 알려주신 호흡법대로 숨을 가다듬으며 쥐꼬리만큼 남아 있는 기운을 움직였다.

'자각몽인가?'

이상한 일이다. 내 몸이 천천히 잠에 빠져들기 시작한다는 것을 알 수 있었는데, 전혀 나 같지 않은 것 같다. 마치 남의 모습을 지켜보는 것 같았다.

정신도 갈라진 것 같다.

자고 있는 상황을 확실히 자신의 것으로 인지하는 나와 지금처럼 남으로 보이는 나, 이렇게 둘로 말이다.

'짐작대로 중국에서 전해지고 있다는 양심신공 같은 건가?'

지금도 은밀히 중국의 이면을 지배하고 있는 세력 중 하나인 무당의 비기가 양심신공이다.

'도가 신공과 명상에서 비롯된 양심신공이 여러 가지 생각을 한꺼번에 할 수 있다고 하던데, 셋째 아저씨가 알려주신 수법이 이와 일맥상통하는 것 같구나. 확실히 이 정도라면 내게 많은

도움이 될 수도 있겠다.'

양심신공과 다를 수도 있고, 같을 수도 있겠지만 시간을 더 번 것은 확실한 듯하다. 아까는 절망스러웠는데 이제는 기회를 찾는 일이 조금은 쉬워질 것 같다.

'아저씨, 고마워요. 내가 꼭 찾아갈게요.'

스승님은 돌아가셨지만 아저씨들은 아직 정치범 수용소에 계실 것이다.

무엇보다 반드시 그곳으로 가야 한다.

아저씨들의 폐쇄된 능력을 되찾을 방법은 연구소에서 이미 찾아냈다.

공화국을 탈출할 수 있는 마지막 키를 아저씨들이 가지고 있는 것이다.

'아저씨들이 능력을 되찾게 된다면 기반을 구축하는 것이 더욱 쉬워질 것이다. 내가 자유롭게 행동할 수 있는 여지도 늘어날 것이고 말이야.'

아저씨들은 당신들이 정치범 수용소에 들어오기 전에 했던 일들을 말씀해 주셨다.

비밀리에 유럽에 파견되어 최고 지도자를 위해 특수 임무들을 수행했던 것에 대해서다.

아저씨들은 유럽에 나름대로의 기반을 마련하셨고, 만들어 두신 기반은 최소 30년은 무너지지 않을 것이라고 하시며 내게 물려주셨다.

내가 그 기반들을 물려받아 사용하는 것은 어렵지 않지만, 그러지 않을 것이다.

당신들의 죽음을 예감하신 때문이라는 것은 알고 있지만 내가 물려받는 것보다 아저씨들이 그 기반을 이용해 나를 도와주시는 것을 택했다.

무엇보다 더 이상 내 친인들을 잃고 싶지 않아서다.

'아버지…….'

아저씨들을 생각하니 아버지가 더욱 안타깝다.

아버지는 나를 만나기 이전부터 죽음을 가슴에 안고 살아가시던 분이었다. 지금까지 살아오신 것도 오로지 나를 위해서였을 뿐이다.

아버지의 육체는 한계에 오셨다. 내가 미지의 서를 전부 깨닫는다고 해도 돌이킬 수 없을 만큼 말이다.

최고 지도자의 수명을 연장시키는 책임을 맡으면서 아버지는 자신을 대상으로 실험을 많이 하셨다.

한 명이라도 다른 이를 더 희생시키고 싶지 않았기 때문이다.

그 때문에 나를 만나기 전에 이미 육체는 붕괴되기 직전인 상태였다.

아버지는 나를 위해 자신이 연구한 성과물들을 직접 사용했고, 지금까지 버텨왔던 것이다.

내가 이곳에 오기 전에 전력을 다해 붕괴를 막았지만 아버지가 마음을 놓는 순간 돌아가시고 만다.

이것이 내가 제일 안타까운 이유이자 아버지를 구할 수 없는 이유다.

어디서건 탈출해 무사히 살아 있다는 것을 아시는 순간, 아버지는 돌아가실 테니 말이다.

그나마 아버지를 구하지 않는 것이 더 오래 사실 수 있는 길인 것이다.

'그래도 방법이 없는 것은 아니다. 금판과 미지의 서를 합일시킬 수만 있다면 아버지를 구할 수 있는 방법을 찾을지도 모른다. 그러니 집중하자.'

예상이기는 하지만 확신에 가까운 예상이다.

두 가지 다 권능에 관한 것이고, 내 것으로 만들기만 한다면 아버지에게 새로운 육신을 선물할 수도 있을 가능성이 높기에 수련에 집중하기로 했다.

'셋째 아저씨에게 배운 것은 정말 신비롭군. 꿈속에 또 다른 공간이라니…….'

의식이 둘로 분리된 것이 얼마 지나지 않았는데 새로운 공간이 나타났다.

예전 만수연구소 지하에 있던 수련실과 한 치도 다르지 않는 모습이다.

방금 전까지 러시아에서 잠이 들었는데 텔레포트가 아닌 이상 만수연구소 지하에 있을 수는 없는 상황이니 말이다.

현실이 아니라면 셋째 아저씨가 알려주신 것으로 인해 만들어진 가상 공간이 분명했다.

'보통은 시간이 다섯 배는 느리게 흐른다고 했으니 지금부터 본격적으로 시작하자.'

사람은 평균 하루 8시간을 잔다.

하루 8시간에 다섯 배면 대략 40시간이다.

아저씨가 말한 대로라면 이 정도만이 아니다. 배움이 깊어지면 최대 20배까지 느려진다고 하니 하루에 160시간까지 수련이 가능할 수도 있다.

공화국으로 돌아가기까지 앞으로 최소 20일이 남았다. 별다른 일이 없다면 거기에서 하루나 이틀 차이 정도만 틀릴 것이다.

꿈속에서의 수련으로 800시간에서 3,200시간까지 시간을 벌 수 있다. 최소 한 달에서 최대 6개월까지 꿈속에서 수련을 할 수 있는 것이다.

제3 장

금박과 붉은색의 휘장이 선명한 집무실 안에 두 사람이 대화를 나누고 있었다.

한 명은 조선민주주의인민공화국의 차기 최고 지도자였고, 또 다른 한 명은 호위총국의 부국장이었다.

"아버지는?"

김윤일은 무표정한 얼굴로 부국장에게 물었다.

"다시 연구소로 모셨습니다."

"호위는 어떻게 됐나?"

"특급 요원으로 삼십 명이 지근거리에서 최고 지도자 동지를 호위 중입니다."

"그렇다면 별다른 문제는 없겠군."

"철통같이 호위하고 있으니 최고 지도자 동지의 신변에는 이상이 없을 겁니다."

"고생했다."

"아닙니다."

"매영의 잔당들이 다시 고개를 들었다고 들었는데, 그것은 어떻게 됐나?"

"최고 지도자와 접촉을 시도하려고 했지만 저희들로 인해 실패를 했으니 다시 숨을 것이 확실합니다."

"그렇군. 경계를 늦추지 않도록 최선을 다해라."

"갑호 비상령을 내려뒀습니다."

"잘했군. 이제 그만 쉴 테니 나가 보도록."

"예."

김윤일의 지시에 부국장이 집무실 밖으로 나갔다.

스르르.

문이 닫히고 난 후 얼마 있지 않아 한쪽 벽면이 밀려 나가며 누군가 집무실 안으로 들어왔다.

머리부터 발끝까지 온통 검은색으로 감싼 인영은 집무실로 들어온 후 무릎을 꿇었다.

복면인은 조심스러운 무릎걸음으로 김윤일의 앞으로 다가와 발에 입을 맞추었다.

쪽!

"위대하신 주군을 뵙습니다."

"작전은 어떻게 됐나?"

"지시하신 대로 모두 준비가 끝났습니다."

"그자는?"

"검은 구름이 갔으니 지금쯤 신병을 확보했을 겁니다. 아무리 능력이 특출 나도 최고 지도자의 치료만 전념하던 자라 따르는 이가 거의 없어 대세를 뒤집을 수는 없을 겁니다."

"다행이로군. 준비해 놓은 것이 없다니 말이야. 그자가 사람을 키웠다면 여간 골치 아픈 것이 아니었는데. 수고했다."

"감사합니다, 주군."

"그나저나 러시아에 가 있는 그자의 아들에 대한 것은 어떻게 됐나?"

김윤일은 아버지 못지않은 능력을 가지고 있어 변수로 작용할 수 있는 박차훈에 대해 물었다.

"머물고 있는 곳이 어디인지 파악을 하려고 노력을 하고 있지만 정보를 알아내기가 쉽지 않습니다."

박차훈의 소재와 동향을 파악하기 위해 지시를 내린 곳이 검은 구름에 속한 자들이기에 의외가 아닐 수 없었다.

"그곳에도 검은 구름을 보내지 않았나?"

김윤일이 아는 한 검은 구름은 그야말로 무소불위의 능력을 지고 있었다. 고작 연구원으로 재직하는 박차훈의 상황을 파악하지 못했다는 것이 이상했다.

"주군, 박차훈이 있는 곳은 러시아에서도 보안 등급이 최고로 높은 지역입니다."

"보안 등급이 최고로 높아?"

보안 등급이 높다는 말에 김윤일이 놀라 물었다.

지금까지 차훈이 있는 곳이 그저 일반적인 의학 연구소인 것으로 알고 있었기 때문이다.

"그렇습니다. 거기다가 러시아연방의 숨은 그림자라는 블리자드가 그자의 주변을 지키고 있는 지라 접근하기가 쉽지가 않다고 합니다."

블리자드는 러시아연방이 자랑하는 최정예 특수 조직이었다.

요원들 모두 능력자인 블리자드는 철저히 베일에 가린 조직으로 웬만한 일에는 나서지 않는 걸로 유명했다.

'블리자드까지 동원되어 진행되는 프로젝트라면 그놈이 지금 어떤 상황인지 파악하기가 쉽지 않겠군. 그나저나 그 정도의 보안이면 뭔가 있다는 소리인데 말이야.'

러시아연방에서 블리자드를 동원했다고 한다면 차훈의 연구가 특급 비밀에 속하는 사항이라는 뜻이었다.

김윤일은 연구에 뭔가 있음을 느낄 수 있었다.

"그 정도 보안이면 비밀이 많을 텐데 그곳에서 어떤 일이 진행되고 있는지 파악은 해봤나?"

"자세한 내용은 모르겠지만 그쪽 최고 지도자는 물론이고,

수령께서도 연관이 되어 진행되는 프로젝트 같습니다. 주군."

아버지가 연관이 되어 있다는 사실에 김윤일은 연구 내용을 조금은 짐작할 수 있었다.

'역시 그 일이었군. 아버지의 권력을 공고히 만들어준……'

최고 지도자가 러시아연방의 지원으로 북조선의 지도자가 될 수 있던 근본적인 이유가 있다.

그들이 원하는 것에 적극 협조한 때문이기도 하지만, 그중에서도 한 가지 특별한 협조가 오늘날의 최고 지도자를 만들었다고 해도 과언이 아니었다.

그것은 신화에 근접한 능력을 얻는 것과 영생에 가까운 수명 연장에 관한 것이었다.

"아버지와 그자라면 대충 어떤 것인지 알 것 같군. 그런 프로젝트라면 블리자드가 동원되는 것도 이해가 가고. 그런데 성과가 조금 있었나 보군."

"그런 것 같습니다. 얼마 전부터 모스크바가 제법 부산한 것을 보면 말입니다."

"재미있는 일이군. 그나저나 서두르기를 잘했어. 사람의 목숨을 터무니없이 늘리는 그 연구가 성공했다면 골치가 아팠을 테니까 말이야."

수명 연장 프로젝트의 성공이 가져다 줄 여파를 누구보다 잘 아는 김윤일이었다.

성공한다면 그때는 정말 아버지를 위한 천년왕국이 만들어질 것이다.

자신은 영영 전면에 나설 수 없게 되었을 것이기에 이번에 진행시킨 일이 만족스러웠다.

"그런데 수령께서 러시아연방에 박차훈에 대한 소환 요구를 한 것 같습니다."

"그놈을 이곳으로 불러들였다는 건가?"

김윤일이 놀라 물었다.

"그렇습니다."

"그렇다면 연구가 완전히 끝난 것이 아닌가?"

"아닙니다. 요즘 건강 상태가 좋지 않은 박명호가 아들을 보고 싶다며 수령께서 부탁을 한 모양입니다. 박차훈 그자가 러시아로 간 지 2년이나 지난 터라 수령께서도 진행 상황이 궁금하셨는지 승낙을 하셨고 말입니다."

박명호가 박차훈을 공화국으로 불러들이는 부탁을 했다는 것이 이해가 갔다.

확실히 박명호의 건강이 요 사이 좋지 못했다.

'몇 번이고 목숨 빚을 졌으니 아버지도 그자의 부탁을 들어주시지 않을 수 없었겠군.'

이미 상당히 노쇠한 상태의 박명호다. 거기다 그간 꾸준히 하독을 한 결과 살날이 얼마 남지 않았다.

박명호라면 충분히 자신의 죽음을 느끼고 있을 것이기에 자식을 보고 싶을 터였다.

"그럼 연구가 성공한 것은 아니로군."

"그렇습니다. 검은 구름의 분석으로는 앞으로 최소한 2년은 더 실험을 진행해야 만족할 만한 성과가 있을 것이라고 했으니 그럴 것입니다."

"검은 구름의 분석이 그렇다면 확실하겠군. 그나저나 잘됐군. 안 그래도 찜찜했는데 말이야."

"박차훈을 직접 처리하실 생각이십니까?"

차훈의 신병도 정리를 해야 하기에 검은 구름에서 나온 자가 물었다.

"아직은 아니야. 일단은 두고 봐야겠지. 어떤 것을 가지고 있나 말이야. 그자가 하는 연구는 아버지에게도 필요한 것이지만 나에게도 중요한 일이니까."

"알겠습니다. 일단 무사히 돌아오도록 해야겠군요."

검은 구름에서 나온 자는 김윤일이 말한 의도를 곧바로 알아들었다.

연구가 현재 어디까지 진행되고 있는지 차훈에게서 알아보고 싶다는 것이 후계자인 김윤일의 생각이었다.

"맞아. 일단 이곳으로 불러들여야겠지. 손 안에 쥐고 있어야 안전한 법이니까. 무엇보다 러시아 쪽에서 그자에게 손을 쓸 수도 있으니 살려서 데려오는 데 집중하도록 해라."

"알겠습니다. 주군."

"수고했다. 이제 얼마 남지 않았으니까 잘 마무리될 수 있도록 신경을 써라. 워낙 눈치가 빠른 양반이니 매사에 조심하도록 하고."

"수령께서 아신다고 해도 만수연구소에 가신 이상 손을 쓰실 방도는 없을 겁니다."

"안다. 그래도 조심해라. 비장의 한 수를 누구도 모르게 가지고 있는 양반이니까 말이야. 매영이 고개를 다시 든 것 같으니 그쪽에도 신경을 쓰고."

"예, 주군."

대답을 들은 김윤일은 손을 흔들었다. 이제 그만 가보라는 뜻이었다.

쪽!

검은 인영은 다시 김윤일의 발에 입을 맞춘 후 무릎걸음으로 뒤로 물러나 벽을 열고 밖으로 나갔다.

문이 닫힌 후 김윤일은 미소를 지으며 집무실 벽에 걸려 있는 사진을 바라보았다.

'후후후, 아버지. 검은 구름이 제 손에 있는 이상, 아버지가 가지고 있는 한 수는 무용지물이 될 겁니다. 그리고 그토록 바라시던 것은 제가 갖도록 하지요.'

온 인민이 유일신으로 떠받들고 있는 아버지의 사진은 오늘도 미소를 짓고 있었다.

'이제 머지않아 내 사진이 저곳에 걸릴 것이다. 진정한 천년

왕국이 시작되는 것이지. 내가 주인인 천년왕국이 말이야.'

모든 것이 계획대로 진행이 되고 있었다.

비밀은 조용히 묻힐 것이고, 자신은 아버지의 모든 것을 이어받아 새로운 세계를 열 것이다.

"아버지, 전 정말 인간이 아닌 겁니까?"

"으음, 글쎄다. 과학적으로 너를 인간이라고 정의하기에는 조금 애매하구나."

"인간을 규정하는 것이 도대체 뭐지요? 자식을 죽이고 권력을 다지려는 자도 그렇고, 아버지를 죽이고 권력을 가지려는 자가 인간이라고 할 수 있나요?"

"그렇게 말하지 마라. 누가 들을까 두렵구나. 그리고 그런 식으로 따진다면 인간으로 불릴 수 있는 존재는 거의 없을 것이다. 그리고 내가 한 말은 네가 생물학적으로만 인간이 아니라는 뜻이었다."

"그렇군요."

"후후후, 서운하냐?"

"그럼 안 서운합니까?"

"하하하, 녀석!"

"한 가지 물어볼 것이 있습니다."

"뭔데 그러냐?"

"아버지는 내가 인간이 아니라면서 왜 저를 키우시는 겁니까?"

"하하하하, 녀석. 내 자식이니까 키우지. 뭣 하러 키우겠냐?"

"제가 자식이라서 키우시는 거라고요?"

"인간이 아닌 아빠가 인간이 아닌 자식을 키우는 것이 당연하지 않겠냐?"

"아버지……."

"휴우, 그래. 난 인간이라고는 할 수는 없는 사람이다."

"너무 자책하지 마십시오."

"차훈아, 넌 몰라서 그러는 것이다. 나중에 알게 될 거다. 내가 어떤 사람인지 말이다."

나중에 알게 될 것이라며 잦아드는 목소리가 아련하게 사라지며 아버지의 모습도 이내 흐릿해졌다.

'헉! 꿈이구나.'

침대 위에서 튕기듯 일어났다.

꿈속의 가상 공간에서 수련을 끝내고 잠시 쉬는 와중에 잠시 잠이 들었다.

잠이 들자마자 꿈을 꾸었고, 아버지와 나누었던 대화가 꿈속에 나타났다.

꿈이지만 너무도 선명히 다가온 아버지의 모습을 봐서인지 가슴이 두근거린다.

'도대체 언제 있었던 일인데…….'

부자지간의 인연을 맺고 얼마 지나지 않아 인간에 대해 논쟁이 되었던 일이 있었다.

언제나 바라던 대답을 해주지 않던 아버지로 인해 마음이 아팠던 기억이 생생하다.

'지금은 까마득하게 잊어버린 대화였는데 방금 전에 이야기를 나눈 것처럼 선명하다니…….'

정말 요상한 꿈이었다.

아픔이 서린 기억을 회상하게 하는 꿈을 선명하게 꾸었다는 사실이 가슴을 섬뜩하게 한다.

'아버지에게 벌써 화가 닥친 건가?'

다른 것은 몰라도 주변에서 일어나는 일에 대해서는 예지와 비슷한 상황을 많이 맞았었다.

아버지의 신변에 이상이 생긴 것 같아 불안하다.

'크으, 미치겠군.'

별거 아니라고 생각하려 해도 아버지의 죽음이 떠오른다. 그런데도 아무것도 못하니 마음이 답답했다.

'제기랄! 어제 무리만 하지 않았어도.'

기감을 다시 펼치고 싶지만 어제 너무 무리를 했다. 어떻게 해볼 수가 없는 상황이다.

'냉정하자, 냉정하자. 박차훈!'

생각하기도 싫지만 이미 벌어진 일일 것이 분명했다.

'아버지는 이런 나를 원하지는 않으셨을 거다.'

어느 정도는 예상한 일이기에 마음을 다잡았다.

'지금부터 최선을 다해 준비를 하면 된다. 그 자식은 자신을 위해서라도 아버지를 함부로 죽이지는 않을 거다.'

시간과의 싸움이 될 것이 분명했지만 당장 준비하기로 했다.

연구소로 온 후 연미와 매일 같이 아침 식사를 같이 했지만 오늘부터는 어려울 것 같다.

아직 날이 밝기 전이다.

조금 있으면 연미가 잠에서 깨서 아침을 준비할 테니 전화를 해야 할 것 같다.

이곳 주거단지에만 유선으로 깔려 있는 전화기라 외부에서는 도청이 불가능하다.

전화기를 들었다.

띠리리리!

— 여보세요.

"나야."

— 왜? 건너오지 않고.

"아침은 그냥 건너뛰고 오늘은 잠을 좀 자려고."

— 피곤해?

"응, 너무 피곤해서 하루 종일 자려고 해."

— 알았어. 푹 쉬고. 나도 그냥 집안에서 뒹굴거릴 거야.

"그래, 쉬어."

— 너도.

전화를 끊었다.

단조로운 대화였지만 연미도 내가 무엇을 말하는지 잘 알 거다. 전에 연구 섹터 안에서 말을 해 두었다.

이런 식으로 전화를 하면 내가 수련할 것이라는 것을 말이다.

'지금부터 시간은 나에게 금보다 귀중하다.'

지금은 머릿속에 든 것을 정리하고, 필요한 것들을 가려내는 것이 우선이었다.

그러나 지금부터는 시간을 만드는 것이 첫 번째다.

'연구소에 들어가기 전에 셋째 아저씨가 알려주신 것을 극성으로 익힌다. 연구소에서 찾아낸 것들과 브리턴에서 경험했던 것들이라면 충분히 가능하다.'

다시 잠을 청했다. 셋째 아저씨가 가르쳐 주신 호흡을 하면서 기운을 끌어올리면 쉽게 꿈속에서 가상 공간을 만들 수 있다.

'역시 내 생각이 맞았다.'

잠을 자야 할 시간이 아니더라도 셋째 아저씨의 호흡법은 효과가 있다.

의식하고 호흡하며 기운을 끌어 올리니 곧바로 가상 공간으로 빠져 들어간다.

"역시, 이번에도 그곳이군."

꿈속에 만들어진 가상 공간은 이번에도 만수연구소 지하에 아버지가 만들어두신 수련 공간이다.

워낙 힘들게 수련을 하던 곳이라 그런지 기억에 많이 남아 있어서 이렇게 만들어진 것 같다.

"셋째 아저씨가 알려준 술법을 극대화하기 위해서는 타임 서스펜드가 제격일 거다. 타임 서스펜드는 상대의 시간을 느리게 흐르게 만드는 것이니까."

미지의 서에서 알아낸 것 중 하나가 타임 서스펜드라는 것이 있다. 내 시간은 그냥 놔두고 상대의 시간을 느리게 흐르도록 만드는 마법 같은 수법이다.

고도의 수학이 적용된 타임 서스펜드를 이용할 생각을 한 것은 이곳이 꿈속에 만들어진 가상 공간이기 때문이다.

내가 원하는 대로 뭐든지 할 수 있는 꿈속이라면 타임 서스펜드를 시전하기 위한 미지의 기운을 만들어낼 수 있다고 생각한 것이다.

그냥 시전하는 것이 아니라 공간 자체에 하는 것이라 내가 느끼는 시간의 확장은 획기적일 만큼 늘어날 것이다.

"가부좌를 틀어보자. 타임 서스펜드는 집중해야만 성공할 수 있는 것이니까."

자리에 앉아 가부좌를 틀고 타임 서스펜드의 수식에 집중했다. 집중할 것은 그것만이 아니었다.

심장에서 타임 서스펜드를 구동시킬 만한 기운이 뿜어지도록 정신을 집중했다.

'역시 기운을 잃어버려서 안 되는 건가?'

머릿속에서 빠르게 수식이 맴돌고 정리가 되어가지만 심장에서 기운이 뿜어져 나오지가 않는다.

브리턴에서 내가 가지고 있던 것을 잃어버린 여파 때문인 것 같다.

'아니, 될 거다. 여기는 내 꿈속이니까.'

수식 정리가 끝나 심장에 집중했다.

두근! 두근!

'뭐지?'

심장이 두근거린다. 조금 전에 느꼈던 심장박동과는 완전히 다른 울림이다.

마치 큰북을 울리는 것처럼 전신으로 심장박동 소리가 울려 퍼진다.

'되, 된다.'

기운이 뿜어져 나오며 정리된 수식에 따라 내 주변을 덮는 것이 느껴진다.

타임 서스펜드가 성공한 것 같다. 장운 아저씨의 수련법으로 만들어진 공간이 변형된 것을 확실히 인지할 수 있으니 말이다.

"후우, 변하기는 했지만 아직 성공 여부는 불투명하다. 깨어나 봐야 성공 여부를 알 수 있을 테니까."

성공을 확신하지만 아직은 셋째 아저씨가 알려준 술법으로 만들어진 공간 속이다.

이곳에서 수련을 한 후 깨어났을 때 시간 차이가 얼마나 나는지 확인을 해야 성공 여부를 판단할 수 있을 것 같다.

"시작해 보자."

만수연구소에 있던 자료들은 대부분 깨우쳤다.

그것들을 실행시키기 위해서는 우선 연체, 연기, 연성을 완벽하게 내 것으로 만들고 완성해야 한다.

만수연구소의 특별 보관실에 있던 것들까지도 실행시킬 수 있을 만큼 말이다.

수련할 시간이 얼마 남지 않은 터라 원천 자료에 있었던 첫 번째 단계부터 완성하기로 했다.

머릿속으로는 이미 완전히 깨달은 상태이고, 수련에 성과도 보이고 있어 많이 걸리지는 않을 터였다.

"삼원을 완성하고 나면 그다음은 효과적인 것들을 수련해야 한다. 당장에 써먹을 수 있는 것들로……."

성취가 빠르면서도 수련하기 어렵지 않은 것들 위주로 수련하기로 했다.

"삼원이 나를 어떻게 변화시킬지 모르지만 잘만 하면 정말 엄청난 힘을 손에 쥘 수 있을 것이다. 운이 좋아 다음 단계까지 완성한다면 위험은 벗어났다고 봐도 되는데… 그것들을 외우려고 고생을 그렇게 했는데 효과가 있을 테지."

영생과 권능을 실현시키기 위해 만들어진 것이라 그런지 미하일이 가진 원천 자료 자체가 아주 특별했다.

'아주 얇은 금판으로 만들어진 것도 그렇고, 거기에 적혀 있는 것들도 아주 특이했지.'

복사기로 복사를 하면 검게 나오고, 사진기로 찍어도 마찬가지였다.

필름은 하얗고 인화가 되도 온통 검은색이다. 오직 인간의 눈으로만 실체를 확인할 수 있는 것들이었다.

"그런 특성 때문에 연구가 본격적으로 시작되었다고 했었지. 복사조차 되지 않으니 완전히 머릿속에 집어넣느라 고생 꽤나 했는데 말이야."

처음 지하 연구 섹터로 들어섰을 때 미하일은 원천 자료인 금판과 함께 그동안 연구되었던 수많은 자료를 나에게 줬었다.

나치의 것과 연구소에서 연구된 것들까지 정말 엄청난 양이었다.

금판이 총 아홉 장에, 나머지 자료들은 커다란 플라스틱 상자로 20여 박스가 넘었다.

제일 먼저 한 것은 미하일의 권유도 있고 해서 금판의 자료를 읽어보는 것이었다.

오래전에 스승님으로부터 배운 언어들이 대부분이었기에 읽는 것은 그다지 어렵지 않았다.

가로 세로가 90센티미터가 약간 넘는 아홉 장의 금판은 작은 쇠사슬로 연결된 줄에 의해 책자처럼 엮어져 있었는데, 정말 말도 안 되는 것들이 적혀 있었다.

"금판에 살짝 베여 피가 떨어진 후에는 정말 놀랐었지. 갑자기 사슬들이 사라질 것은 뭐람."

다 읽은 후 마지막 장을 덮을 때 손끝이 스치며 금판에 상처를 입었고, 피가 떨어졌다.

급하게 휴지로 닦아냈는데 금판을 엮었던 사슬들이 사라지고 없었다. 너무 놀라 줄을 찾아봤지만 아무리 뒤져봐도 사슬로 만들어진 줄은 없었다.

"섹터 안에 금속 재료들이 있어서 사슬을 만들고 대충 엮어 놓지 않았다면 난리가 났었을 거야. 아마."

사슬을 만드느라 거의 사흘을 소비했다. 금판을 엮고 난 후 하루가 지나지 않아 연구소 밖으로 나온 나에게 미하일이 금판을 요구했었다. 그때를 생각하면 왜 그런지 몰라도 지금도 머리에 진땀이 난다.

"쯔쯧! 잡생각이나 하고 있다니. 삼원부터 시작하자."

연체, 연기, 연성이라는 이름도 내가 붙였고, 삼원이라는 이름도 내가 붙인 것이다.

삼원은 금판 아홉 장을 관통하는 큰 줄기로, 석 장이 하나의 큰 의미를 지니고 있어 그렇게 붙인 것이다.

금판으로 만들어진 책의 맨 앞쪽의 석 장은 몸을 만드는 과정이다. 우리가 지금 시험하고 있는 유전자 실험들이 모두 처음 석 장에서 비롯된 것들이다.

넷째 장부터 여섯째 장까지는 기운을 다루는 것으로, 만들어진 육체에 통로를 만들어 운행하는 법이 들어 있었다.

일곱째 장부터 아홉째 장까지는 이렇게 여섯 장까지를 토대로 만들어진 육체와 기운을 사용하는 방법이었다.

첫 번째 단계는 완전히 끝마쳤고, 두 번째 단계는 반절 이상 넘게 완성이 됐다.

마지막 세 번째 단계는 이제 겨우 초입에 들었는데, 지금부터 완벽하게 완성하기 위해 수련을 해야 한다.

그동안 생각하고 생각했다. 큰 줄기를 이루는 삼원은 전부 깨우친 상태다.

육체가 완성이 되었지만 기운이 흐르는 통로를 뚫지 못한 것은 너무 위험해서다.

그러나 여기는 꿈속의 가상 공간이다.

위험할 여지가 전혀 없는 상황이다. 아직 찾지 못한 통로를 이곳에서 찾아나간다면 현실에서는 더욱 빨리 찾아서 뚫을 수 있을 것이다.

반듯하게 누워 몸을 관조했다.

꿈속의 가상 공간이지만 현실의 육체를 반영했기에 현실보다 더 확연하게 느껴진다.

정수리와 명치, 그리고 배 아래쪽에 커다란 덩어리가 생긴 상태다. 나에게 느껴지는 느낌으로 보자면 커다란 산보다 더 큰 것 같다.

'어마어마하게 크지만 이 가운데 쓸 수 있는 것은 쥐꼬리만큼이지.'

느낌과는 달리 사용할 수 있는 것은 극히 한정되어 있다. 어쩐 일인지 잘은 모르지만 육체의 한계 때문인 것 같은 생각이 문득 들 때가 했다.

전부 사용하게 되면 육체가 붕괴되어 버릴지도 모를 일이다.

몸에 세 개의 수원이 생긴 상태다.

금판에 의하면 삼분의 이쯤 성취를 얻은 상태다. 이제 세 개의 수원에 갇혀 있는 물꼬를 틀 때다.

생각이 일자 기운이 흐르기 시작한다. 혈맥을 따라 흐르는 것도 있고, 혈맥의 이면에 따라 흐르는 것도 있다.

세 개의 수원에서 발원한 기운들은 두 개의 길을 따라 흘러나갔다.

몸을 놓고 봤을 때 거의 중앙에 위치한 세 개의 수원에서 흐른 두 줄기 기운은 서로를 향해 나아갔다.

그리고 연결이 됐다.

번쩍!

섬광이 비친다. 정신을 아득하게 하는 섬광이다.

'절대 정신을 잃으면 안 된다고 했다.'

금판에 적혀진 대로 이를 악물고 참았다. 서로 연결된 두 줄기 통로가 점점 더 굵어지고 있다.

'크으윽.'

섬광은 어느새 사라지고 고통이 찾아왔다. 수용소를 탈출하며 겪었던 것보다도 훨씬 큰 고통이다.

'그때도 참았는데…….'

참는 것은 익숙하다. 정신적 고통에 비해 육체적인 고통은 아무것도 아니다.

'그런데 정말 리얼하군. 진짜처럼 느껴지니 말이야.'

고통이 너무 사실적이라 집중하기는 더욱 좋았다. 고통에 익숙한 내 육체는 아주 잘 견디고 있었다.

쩌저적!

커다란 강 같은 느낌이 들 정도로 커진 기운의 통로에서 수없이 많은 줄기들이 사방으로 뻗어나가기 시작했다.

강의 지류처럼 뻗어나간 줄기들도 수원에서 발원한 것과 마찬가지로 두 개의 통로를 따라 전신으로 흘렀다.

'엄청나게 빠르다.'

찰나라고 부를 만큼 줄기들이 몸속으로 뻗어가는 속도는 무척이나 빨랐다.

'크으윽.'

이때가 제일 위험하다고 했다. 줄기 전체를 한 번에 관조하며 살펴야 한다. 의식에 각인시키고 줄기들이 뻗어나가는 곳을 모두 알아야 한다. 그것이 두 번째 단계를 완성하기 위한 금판들의 요구였다.

순식간에 줄기들이 전신에 가득 찼다.

'간신히 놓치지 않았다. 그때 겪어 보지 않았다면 쉽지 않은 일이었다.'

다행히 전부 관조할 수 있었다. 지난날에 겪었던 난관이 도움이 되었다.

'이제부터는 기다려 보자. 완성의 징조가 보인다고 했으니 말이야.'

연기를 완성하면 신호가 온다. 전신으로부터 기운을 받아들일 수 있게 되는 것이다.

'뭐지?'

갑자기 손발이 욱신거린다.

'이런!'

양손과 양발에서 기운이 흘러 들어오고 있다. 장심과 족심에 마치 구멍이 뚫린 것처럼 엄청난 양이 들어와 뻗어나간 줄기들을 타고 움직인다.

줄기들은 커다란 강에 도착한 후 세 개의 수원으로 다시 흘러 들어가고 있는 중이다.

'손발만이 아니구나.'

전신의 피부로도 기운들이 흘러들어오고 있었다. 워낙 체적이 넓어서 그런지 잘 몰랐지만 손발에서 흘러 들어오는 것보다 몇 배나 많은 양이다.

'이제 끝인가 보다.'

홍수가 난 강물처럼 거세게 밀려 들어오던 기운의 양이 줄기 시작한다. 그러더니 어느 순간 멈춰 버렸다.

'으음, 손과 발에도 기운이 뭉치고 있구나.'

정수리와 명치, 그리고 아랫배에 있는 것들이 아주 커다란 산 정도의 크기라면 손과 발에 뭉쳐지는 것은 작은 동산만 했다.

기운들이 고속으로 회전하며 둥근 구체처럼 뭉쳐졌다가 어느 순간 움직임을 멈췄다.

"끝났구나. 이제 연기를 완성했다."

비록 꿈속의 가상 공간이지만 연기를 완성한 것이 기뻤다. 현실에서는 너무 위험해 시도해 보지 못했는데, 꿈속에서나마 이렇게 성공한 것을 보니 현실에서 시도해도 될 것 같아서였다.

"아직 시간이 많이 남은 모양이군."

가상 공간이 흔들리지 않는 것을 보면 아직 시간이 많이 지나지 않은 것 같다.

빠져나가야 할 시간이 되면 신호가 오는데, 가상 공간이 흔들리는 것이라고 했다.

"다음에 수련할 것은 연성이지만 연체나 연기만큼 어렵지 않은 일이다. 연성은 몸과 기운을 사용하는 방법일 뿐이니까. 이왕 내친 김에 연성까지 수련해 보자."

연성을 수련하기로 했다. 수련하는 방법은 간단하다. 가상의 적을 상대로 공격을 하면 된다.

"이왕이면 다홍치마라고 상대가 진짜 있으면 좋겠지."

본래 연성을 완성하기 위해서는 심상을 통해 만들어낸 가상의 적을 상대로 끝없는 수련을 해야 하지만 여기는 가상공간이다.

내가 생각한 대로 이루어지는 곳이니만큼 수련에 내 상대가 되어줄 적을 만들어내면 된다.

"후후후, 이것도 트라우마인가? 저 모습이 내 앞에 나타나다니 말이야."

내 상대로 나타난 존재는 공화국의 후계자라는 놈이다. 날카로운 눈매에 심술궂은 볼살이 영락없는 그놈이다.

"하지만 그놈과는 다르군."

배불뚝이 중년으로 느릿한 현실의 모습과는 달라 보인다. 강력한 기세를 담고 있는 것이 능력자의 모습을 보이고 있다.

"능력 면에 있어서는 그때 상대해 봤던 흑운의 능력자가 베이스가 된 것인가?"

아무래도 그런 것 같다. 검은 기운을 풀풀 풍기고 있는 것을 보니 말이다.

만수연구소 지하에서 만났던 흑운의 능력자는 정말이지 너무 강했다. 최선을 다해 놈을 상대했지만 육체가 누더기로 변했을 정도로 큰 상처를 입었다.

덕분에 천운처럼 얻었던 것들을 봉인해 가며 몸을 치료해야 했다.

"제대로 된 수련이 되겠군."

만들어낸 적이지만 그때 내가 당했던 것들을 고스란히 재현해 낼 것이다. 그것도 내 움직임에 맞춰서 말이다.

적은 내 의지를 반영한 것이라 성장하는 수준에 맞춰져 있다. 내가 연성을 완성해 갈수록 적도 강해진다는 뜻이다.

연성 중에 육체의 사용법을 완성할 때까지 고생을 할 것이다. 완성하지 못하면 눈앞에 있는 놈을 이기지 못할 테니까.

"크크크, 연성을 완성을 할 때까지 개 맞듯 맞아야 할 테지만 상관은 없다. 분노와 증오가 나를 더 빨리 성장시킬 테니."

팡!

'제길!'

이번에도 마찬가지다. 갑작스러운 공격이다. 순식간에 거리를 좁혀온 후 연격으로 이루어지는 공격으로 내뻗는 손과 발이 보이지 않았다.

퍼퍼퍽!

"차앗!"

맞고만 있을 수는 없다. 연격의 틈새에 공세를 집어넣고 손이 되든지 발이 되든지 잡아야 한다.

퍼퍼퍽!

"크으윽, 정말 돌겠군. 저거 진짜 내가 만들어낸 거 맞아?"

나의 공세를 피하며 공격을 하는 것이 장난이 아니다.

그때는 한참 두들겨 맞다가 공격의 틈새로 가끔씩이나마 공세를 집어넣는 것이 가능했는데, 지금은 그것조차 거의 불가능하다. 이제는 마치 뭔가 아는 것처럼 교묘히 피한 후에 두들겨 팬다.

'크윽, 너무 맞았다.'

내부에서 기운이 넘치는데도 움직일 힘도 없다.

놈이 내게 한 공격 때문이다. 맞는 곳을 따라 기운이 단절되고 제대로 흐르지 않는다.

'지랄…….'

정신이 아득해진다.

그때는 놈의 공세가 변하기 전에 석 대 정도는 때린 것 같은데 지금은 한 대도 때리지 못할 모양이다.

놈의 존재가 흐릿해진다.

정신을 잃어버린 것 같다.

눈을 떠 보니 역시나 같은 공간이다.

"시간이 얼마나 지난 거지?"

한참을 기절해 있었던 것 같지만 시간이 얼마 흐르지 않은 모양이다.

아직도 공간이 일그러지지 않고 있었다.

나를 두들겨 패던 놈은 어느새 사라지고 없었다. 기절을 하며 의식을 잃은 탓일 것이다.

"그럼 또 시작해 볼까?"

두들겨 맞으며 생겼던 상처는 어느새 사라지고 없다. 끊어졌던 기운은 어느새 이어져 있었고, 맞기 전보다 더 튼튼해진 것 같기도 하다.

놈의 모습이 눈앞에 나타났다.

휘익!

이번에도 역시 같은 공격이다. 이미 예상을 하고 있었던 것이라 맞받아치며 공세를 펼쳤다.

놈의 모습이 돈다. 내 공세를 비껴가기 위해 몸을 움직인 모양이다.

기이한 움직임이다. 마치 안개처럼 흩어지는 것 같은 환영이 눈에 맴돈다.

'전에도 그랬지. 마치 허깨비처럼. 이제 흩어졌다가 다시 공격을 해오겠지.'

팡!

불쑥 나타난 놈의 발을 손으로 틀어막았더니 공기가 터져 나간다. 엄청난 속도가 맞붙은 결과다.

'됐다. 처음과는 달리 맞설 수 있게 됐다.'

퍼퍼퍼퍽!

상대할 수 있다는 생각도 잠시였다. 놈의 발이 내 다리부터 시작해 머리까지 연속으로 두들겼다.

"컥!"

전신이 욱신거린다. 힘이 쑥 빠지고 몸을 가눌 수가 없다. 발만으로 전신의 기운을 끊어 버린다.

'니미, 또 기절이냐?'

정신이 아득해 진다, 아무래도 이번에도 내가 KO가 되는 모양이다.

얼마 있지 않아 또 정신을 차렸다. 몇 번의 공세를 피하며 반격을 한 후 두들겨 맞다가 기절을 했다.

위안이 되는 것은 그나마 공세를 피하는 시간이 조금 늘어났다는 것이지만, 한 번도 놈을 맞히지 못했다는 것은 변함이 없었다.

기절을 한 후 다시 깨어났다.

이번에도 마찬가지로 피하는 시간이 조금 늘어났을 뿐 기절을 했다.

무한 반복처럼 기절을 했다가 다시 깨어나며 놈을 상대했다. 얼마의 시간이 지났는지는 모르겠다.

상당한 시간이 지났다는 것을 알았지만 공간이 일그러지지 않아 계속해서 놈을 상대했다.

기절했다가 깨어나면 몸이 원상태로 돌아오기에 할 수 있는 일이었다.

반복이 계속되는 동안 깨어 있는 시간이 점점 길어졌다. 놈의 공세를 피하는 시간이 늘어났다는 뜻이다.

이런 성과마저 없었다면 진즉에 꿈을 벗어났을 터였다.

'보인다.'

놈과 맞설 수 있는 시간이 늘어난 것만 해도 황송할 지경인데 어느 순간부터 놈의 움직임이 보이기 시작했다.

타격하는 방법과 기운을 쏟아내는 모습을 역력히 확인한 순간 가슴이 두근거렸다.

나도 놈과 같은 것을 할 수 있을 것이라는, 어쩌면 막연할지도 모르는 자신감이 생긴 것이다.

그때부터 놈의 모든 것을 기억하고 따라하려 애썼다. 덕분에 놈과 상대하는 시간이 잠시 짧아졌지만 이내 다시 길어졌다.

어느새 나는 놈과 같은 공세를 펼치고 있었다.

찻!

역공세를 취하려는 순간, 놈의 몸이 꺼지듯 사라지며 검은 안개가 사방에서 피어올랐다.

'이제 저것만 따라할 수 있으면 되는데…….'

공격하는 방법 이외에 몸을 움직이는 법까지 따라 배운 후 벽에 막혔다.

멀쩡한 육체가 갑자기 안개처럼 변하는 것은 도저히 따라할 방법이 없어서다.

기운이 폭사되며 사방으로 흩어지는 것은 알겠는데 다음부터는 영 오리무중이다.

'따라하는 것이 안 된다면 놈의 기운이 집중되는 것을 느끼자. 공격을 하는 순간 다른 곳과는 달리 약간 기운이 뭉치는 것 같으니까.'

흑운은 나중에라도 상대해야 할 자들이다.

지금으로서는 이 정체 모를 술법을 따라서 하기보다는 공격할 순간에 모이는 기운을 파악해서 빠르게 반격을 하는 법을 깨우치는 것이 더 나을 것 같다.

'역시, 쉽지가 않구나.'

만수연구소에서 싸웠던 시절에는 녀석에게 맞아도 기절하지 않았다.

오히려 반격을 하다가 놈이 안개처럼 변한 후에 죽음의 위기를 겪었다.

순식간에 전신을 덮치는 검은 기운에 살이 터져 나가고 뼈가 꺾였다.

때마침 최고 지도자의 호위가 오지 않았거나, 내 회복력이 보통 사람의 수십 배를 능가하지 않았더라면 그때 녀석에게 당해 죽었을 것이 분명하기에 긴장하지 않을 수 없는 상황이다.

역시나 전신을 조여온다.

콰광!!

폭발하듯 터지는 충격파가 온몸을 강타한다.

'크으, 이번에는 느꼈다.'

정신이 아득해지고 있지만 기뻤다.

폭발하기 직전에 전신으로 느껴지는 위화감을 통해 놈이 어떤 식으로 공격을 하는지 알았기 때문이다.

"으음, 깼나?"

기절하고 나서 다시 깨어났다. 역시 모든 것이 회복되어 있었다.

"나쁘지 않은 기분이군."

어쩐 일인지 상쾌한 기분이다. 육체를 사용하는 방법을 마스터할 수 있는 단초를 찾은 탓일 것이다.

"나와라!"

챗!

부르기가 무섭게 모습을 드러낸다.

쐐―액!

처음보다 수십 배는 빠르게 쇄도해 오고 있지만 모든 것이 보인다.

파파파파팡!

놈의 공세를 똑같은 방법으로 틀어막으며 놈의 기운을 끊어냈다.

팟!

쐐—액!

빠르게 뒤로 빠지더니 다시 쇄도한다.

파파파팡!

이번에도 마찬가지다. 놈의 공세를 막아내며 맞받아쳤다.

휘돌다 날아오르고, 뛰어넘다 제치면서 놈의 움직임과 같은 공세를 취했다. 이제 나와 놈이 움직이는 자세는 완전히 정반대이다.

마치 한 쌍이 움직이는 것처럼 공세를 주고받았다.

'이제 강도를 높여보자.'

자신감이 생겼기에 공세의 강도를 더했다.

퍼엉!

팟!

공기가 그 어느 때보다 크게 파열하는 것과 동시에 놈의 몸이 확산하며 안개처럼 변한다.

'온다.'

변화도 빨랐지만 놈의 공세도 빨랐다.

검은 안개 속에서 짓쳐 드는 공세의 느낌을 확인하자마자 전신으로 기운을 내뿜었다.

콰콰쾅!

놈의 공세와 내가 뿜어낸 기운이 마주치는 순간 거대한 폭발음이 울렸다.

'이제 시간이 끝났구나.'

놈이 만들어낸 검은 안개가 사라지는 것과 동시에 공간이 일그러지고 있었다.

이제 꿈속에서 나가야 할 때였다.

제4 장

'아!'

눈이 떠졌다. 익숙한 모습이 눈에 들어온다.

오래되어 색이 바랜 천정과 눈이 얼어붙어 새하얗게 되어 버린 창문이 꿈에서 깨어났음을 알려준다.

'머리가 약간 멍한 것을 제외하고는 별다른 이상은 없구나.'

셋째 아저씨가 알려주신 술법을 약간 변형시킨 것이라서 약간 걱정이 들었는데 이상이 없는 것 같아서 다행이다.

'시간이 얼마나 지난 거지?'

놈과 가상 공간에서 대결한 시간이 상당히 길었다.

놈과의 대결 횟수는 정확히 4,897번이다.

그리고 처음과 나중의 시간이 같지는 않지만 대략 놈과 대결한 시간은 평균적으로 3분이다.

날짜로 계산하면 10일이 약간 넘는 시간이다. 연기를 완성하는 시간까지 생각하면 내가 꿈속에서 머문 시간은 대략 11일 정도.

'현실에서는 얼마나 시간이 지났는지 확인을 해봐야겠다.'

창밖으로 보이는 태양의 높이를 재보니 잠이 들었을 때와 비교해 볼 때 높이가 얼마 차이가 나지 않았다.

'설마 하루가 지난 건가?'

최대치보다 두 배 가까이 가상 공간에서 수련을 할 수 있었다.

그렇지만 현실에서의 시간이 하루가 지났다면 효율적이지 못하다.

연구 섹터 안에서는 절대 수련할 수 없을 테니 말이다.

'혹시 모르니 연미에게 전화를 해보자.'

하루가 지난 것인지 연미에게 확인을 해보기 위해 전화기를 들었다.

띠리리리!

— 차훈이니?

"응, 나야."

— 배고파서 그래?

"조금."

— 하긴, 배고픈 것은 못 참는 네가 웬일인가 했어.

"지금 갈까?"

— 일어난 지 얼마나 됐다고. 좀 씻고 준비하고 해야 하니까 조금 있다가 와. 그래 봐야 또 같은 시간이니까.

"알았어."

연미의 말을 들으며 기쁜 마음으로 전화를 끊었다.

'성공했다. 아까 연미에게 전화하고 난 뒤 10분도 채 지나지 않았다. 10분에 열하루면 충분하다. 열 시간이면 거의 22개월이니까. 도대체 몇 배가 늘어난 거지?'

20배가 최대치라고 했었는데 타임 서스펜드를 같이 했다고는 하지만 1,584배가 넘게 늘었다. 정확히는 1시간이 66일로 늘었다. 믿을 수 없는 일이다.

'브리턴에서 얻었던 시간을 조절하는 능력 때문인가?'

브리턴에서 얻은 능력으로 인해 셋째 아저씨에게서 배운 수련법에 변화가 생긴 것이 분명하다.

'정말 잘된 일이다. 문제는 연속으로 펼칠 수 있나 하는 건데.'

시간의 확장은 확인했다. 이제는 연속성의 문제다.

하루에 한 번밖에 펼칠 수 없는 것이라면 문제가 커지니 확인을 해봐야 한다.

'셋째 아저씨 말로는 술법을 펼칠 수 있는 시간은 현실 시간으로 여덟 시간이 최대라고 했다. 그 이상을 넘어가면 위험해진

다고 했었지. 타임 서스펜드를 같이 써도 하루에 사용할 수 있는 시간이 여덟 시간이면 좋겠는데 말이야.'

당장 확인하고 싶기는 하지만 이제 연미에게 가야 한다. 하루 종일 뒹굴거린다고 하더니 내 전화가 반가운 모양이었다.

'확인은 갔다가 와서 하자.'

최대 시간을 확인하는 것은 뒤로 미뤘다.

아까부터 코를 간질거리는 악취를 해결하고 연미에게 가려면 시간이 없을 것 같아서다.

몸에서 냄새가 난다. 그것도 아주 고약한 악취다. 그렇지만 기분이 나쁘지는 않다.

꿈속에서 벌어진 일들이 현실에서도 일부나마 반영이 되었다는 반증이니 말이다.

아무리 씻고 자지는 않았어도 이 정도 냄새가 날 리 없었다.

꿈속에서 연기를 완성하면서 육체에 깃들었던 불순물이 빠진 것이 분명했다.

누웠던 침대의 홑이불을 들고 욕실로 갔다. 냄새가 배어 있을 테니 씻으면서 빨아야 했다.

욕실로 들어가 샤워기를 틀었다.

쏴—아아!

바깥은 얼어 죽을 정도의 추위지만 집안은 괜찮은 편이다.

그렇다고 이렇게 찬물로 샤워를 할 정도로 따뜻한 온도는 아니지만 나는 상관하지 않는다.

소중한 인연으로 인해 물과 아주 친하기 때문이다.

'후후후, 좋군.'

머리 위로 떨어지는 찬물이 살갑다. 살갗을 타고 흐르는 물들이 아주 조심스럽게 몸에 붙어 있는 이물질들을 씻어 내린다. 갓 태어난 아기를 씻듯이 말이다.

구정물이 하수구 속으로 빨려 들어갔고, 어느새 맑은 물이 흐르기 시작한다.

'분명 느낌이 있었다. 만약 내가 가지고 있었던 것들이 브리턴에서 사라진 것이 아니라면…….'

불현듯 내 힘을 빼앗긴 것이 아닐지도 모른다는 생각이 들었다.

'이건 당장 확인을 해봐야 한다. 빨래를 한 번 해보자.'

홑이불을 집어 들어 샤워기에서 쏟아지는 물에 가져다 댔다.

'깨끗해졌으면 좋겠군.'

생각대로 물들이 내 의지에 반응을 하고 있다.

물방울들이 이불 속으로 파고들어 꿈틀거린다. 끼어 있던 때들이 물을 타고 흘러내려 이불 끝에 거무스름한 구정물이 맺힌 후 떨어져 이내 하수구로 들어간다.

반응하는 속도가 점점 빨라진다.

아주 빠른 속도임에도 물방울 하나하나의 움직임이 또렷이 느껴진다.

'사, 사라진 것이 아니다. 그렇다면 내가 얻었던 모든 것들이 잠재되어 있는 것이 틀림없다.'

모든 것을 다시 찾을 수 있다니 가슴이 뛴다.

가슴이 뛰는 것에 상관없이 의지에 반응하는 물로 인해 샤워와 빨래는 금방이었다.

'물부터 짜자.'

샤워기와 연결된 배관에 홑이불을 끼워놓고 꽈배기처럼 이불을 꽈서 물을 짜냈다.

주르르륵!

'어디 이것도…….'

물기를 털어낼 수 있지 않을까 하는 생각이 일자마자 폭포수처럼 이불에서 물이 떨어진다.

'이런!'

거의 물기가 없는 상태로 변하는 것을 보며 생각을 멈췄다. 혹시나 의심을 살 것 같아서였다.

'완전히 건조시키면 혹시라도 눈치를 챌 수 있을지 모르니 이 정도가 좋다. 이 정도면 침실 히터에 널기만 하면 금방 마를 테니까 말이야.'

내가 머무는 숙소지만 감시자들이 수시로 들락거린다. 혹시라도 문제가 될 소지가 있기에 물기를 남겨놓고 자연적으로 말리는 것이 좋았다.

'나가자.'

가지고 들어온 수건으로 몸에 묻은 물기를 닦아냈다.

거의 물기가 없는 상태지만 수건으로 닦지 않으면 뭔가 샤워 한 기분이 들지 않아서다.

욕실을 나와 이불을 히터에 널고 옷을 입었다.

'이 버릇도 고쳐야 할 텐데…….'

의식이 브리턴에 가 있는 동안 이상한 버릇이 들었다. 침실에 있을 때면 홀딱 벗고 있는 것이 습관이 된 것이다.

연미가 알면 경을 칠 텐데 어쩔 수가 없는 상황이다.

어찌된 일인지 옷을 입고 자면 갑갑해서 숨을 쉴 수가 없어서다.

전에 연미와 하룻밤을 보낸 후 죽도록 맞은 이유 중에 하나가 내가 아침에 일어났을 때 홀딱 벗고 있었다는 것이다.

주된 이유야 내가 연미를 가진 것일 테지만 내 알몸을 본 연미는 기겁을 하면서 먼저 때리고 봤다.

'잘못하면 맞아죽을 뻔했지. 옷을 입고 나서 다시 맞기는 했지만 처음의 주먹과는 강도 자체가 달랐으니까.'

보통 사람이면 맞으면 한 방에 죽을 그런 주먹을 사정없이 휘두르는 연미를 보면서 알몸의 남자를 극도로 싫어한다는 것을 알 수 있었다.

'얼른 가자. 가기 전에 일단은…….'

거울을 보면서 머리와 얼굴을 확인하고 옷맵시를 다듬었다.

'이 정도면 어디 가서 빠지지 않는데 말이야.'

말쑥한 모습의 사나이가 거울 속에 있었다. 웬만한 여자라면 한눈에 뻑 갈 텐데 연미는 왜 그런지 모르겠다.

'연미야, 나에게 곁을 주지 않는 이유를 당장은 알 수는 없겠지만 어떤 아픔이 있든지 내가 너를 지킨다는 것은 변함이 없을 거다.'

나를 위해 울어줬던 첫 번째 여자이기에 연미를 지켜주겠다는 마음은 변함이 없다.

한 존재를 인간으로 돌려놓은 천사의 눈물이었기에 말이다.

그때의 연미가 나를 위해서 흘렸던 눈물은 나를 변화시켰고, 괴물이 아닌 지금의 나를 있게 했다.

아버지와 아줌마에게 배우는 동안 나에게 특별한 사건이 일어났다.

어느 날 갑자기 내가 이성을 잃고 다른 존재로 변하기 시작했던 것이다.

직접 겪은 것이 아니라 의식이 합쳐지며 알게 된 것이지만 나로서도 상당히 충격적인 일이다.

내가 어떤 상태로 변했는지는 잘 모르지만 뚜렷이 기억에 남는 것이 있다.

괴물로 변해 버린 나를 이성을 가진 인간으로 되돌려 놓은 연미의 눈물이다.

연미는 그 일로 인해 자신의 능력 대부분을 잃었다. 나를 인간으로 되돌려 놓느라 스피릿에 쌓인 능력을 남김없이 써버린 탓이었다.

그것만으로도 난 연미를 위해 살아야 한다.

능력자가 자신이 가진 능력을 잃어버리는 것이 죽음보다 못한 것임을 회귀 전에 숱하게 봤던 나다.

대부분의 능력자가 죽음을 택했다. 자살이라는 극단적인 방법으로 말이다.

능력을 잃어버렸음에도 연미는 나 때문에 내색을 하지 않고 지금까지 살아왔다.

자신이 극단적인 선택을 하는 순간, 나 또한 뒤를 따를 것임을 잘 알고 있어서다.

'그나저나 괴물로 변화되는 시점이 언제인지는 모르지만 분명히 브리턴에서 내게 변화가 일어났던 시점 중 하나에서 그런 일이 일어났을 것이다. 그것만 정확히 알아낼 수 있다면 뭔가 단서를 찾을 수 있을지 모른다.'

이곳에서 그런 변화가 일어났다는 것은 다른 차원의 변화와 연동이 되었을 가능성이 컸다. 그럴 만한 변화가 일어날 일이라고는 그것밖에는 없으니 말이다.

'어쩌면 이쪽과 브리턴이 연동하고 있을지도 모르겠군.'

차원이 연결되어 서로 연동하고 있을 가능성이 높기에 마음이 무거웠다.

회귀 전에 간혹 미쳐 날뛰거나, 신체가 급속도로 변화해 제거당한 능력자들을 많이 봤다. 그리고 그런 현상은 어느 순간부터 일어나지 않았다. 연구원들이 주고받는 대화를 통해서 능력자들을 통제하는 시스템에 완성을 봤다는 이야기를 들은 후 연유를 알 수 있었다.

연구원들이 나눈 대화 중에는 특이한 것이 있었다. 연동이 완료되어 레벨을 맞추어서 이상 현상의 발생을 통제할 수 있다는 말이었다.

지구의 능력자들을 통제하는 시스템이 있는 것 같이 브리턴에서도 있을 가능성이 높다. 아직 완성이 되지는 않은 것 같지만 서로 연계되어 진행되고 있는 것 같다.

브리턴의 변화와 지구의 변화가 연동이 되고, 능력자들도 연계해서 통제하려는 것으로 무엇을 얻으려 하는지 궁금하지 않을 수 없다. 무엇을 원해 그러는 것인지 모르지만 엄청난 것이라는 것은 분명할 것이다.

마음이 정말 답답하다. 내가 예상한 것을 훨씬 뛰어넘는, 무엇인가 심상치 않은 움직임이 시작되고 있는 것 같아서다.

'이크, 너무 늦었다.'

생각을 하다 보니 연미에게 갈 시간이 늦고 말았다. 음식이 식는다고 화를 낼 텐데 걱정이다.

숙소를 나와 서둘러 연미가 머물고 있는 곳으로 갔다.

"뭐하느라고 이렇게 늦었어?"

안으로 들어가자마자 연미가 한마디 한다.

"미안해. 좀 씻느라고."

"찌개 데울 테니까 어서 자리에 앉아."

"아, 알았어."

화를 낼 줄 알았는데 말없이 냄비를 들고 데우러 가는 연미를 보며 식탁에 앉았다.

"와!"

식탁 위에 차려진 것은 공화국에서 자주 먹던 한식이었다. 이곳에 온 이후로 빵을 위주로 식사를 했는데 한식이라니.

연미를 바라보니 한마디 한다.

"어렵게 구한 거야."

"응, 그래."

아침 일찍 일어나서 준비를 했을 텐데 밥을 먹지 못한다고 했으니 할 말이 없다.

내 처지를 잘 알기에 말을 하지는 않았지만 무척이나 실망했었을 연미를 생각하니 미안해졌다.

"미안해. 그리고 고마워."

"알면 다행이다. 금방 데워지니까 맛있게나 먹어."

얼굴이 약간 붉어진 연미가 끓기 시작한 냄비를 향해 얼굴을 돌렸다.

조금 있다가 연미가 보글보글 끓고 있는 찌개를 식탁에 올려놓았다. 붉은 국물 사이로 햄과 소시지가 보였다.

"한 번 먹어봐. 엄마가 가르쳐 주신 요리야. 부대찌개라고 하는 거야."

"어디."

칼칼한데다가 햄과 소시지로 인해 진한 국물 맛이 일품인 찌개였다.

"맛있다. 잘 먹을게."

"그래, 많이 먹어. 잘 먹어야 힘을 내지."

"알았어."

밥을 크게 한 술 떠서 먹기 시작했다. 연미 식성도 나 못지않아서 한 번에 먹는 양이 장난이 아니다. 저렇게 먹고도 가녀리고 여린 체구를 유지하는 것이 신기할 뿐이다.

'가녀린 것은 그저 겉모습이지. 속살은…….'

풍만한 연미의 속살을 생각하니 마음이 뜨거워졌다. 갑자기 식사를 멈춘 것 때문에 연미가 나를 바라봤다.

마음을 들킬까 두려워 다시 밥을 먹기 시작했다.

채소를 볶은 것과 찌개, 계란을 부친 것이 전부인 식탁이었지만 아주 만족스러운 식사였다.

아직은 어린 나이지만 어머니께 배웠는지 음식을 만드는 솜씨가 좋은 연미 덕분이었다.

식사를 끝내고 설거지는 내가 했다. 만수연구소에서 같이 밥을 먹기 시작하면서 무언의 약속 같은 행위다.

"설거지를 다 끝냈으니 난 이만 돌아갈게. 피곤할 텐데 좀 쉬고."

"점심은?"

"와서 먹을게."

"점심은 간단할 걸로 할게."

"그렇게 해. 식재료도 부족할 텐데 무리하지 말고."

이곳은 배급되는 것 이외에 식재료를 구하기가 쉽지 않은 곳이다.

쌀과 고춧가루를 사용한 것을 보면 경비병에게 금전적인 대가를 지불하고 부탁한 것이 틀림없기에 한마디 했다.

"알았어."

"조금 있다가 보자."

"그래. 너도 푹 쉬어."

입으로는 쉬라고 했지만 눈가에는 안타까운 빛이 역력하다. 내가 숙소에서 무엇을 하고 있는지 잘 알고 있기 때문에 보이는 눈빛이다.

"하하하, 걱정하지 마. 누구보다 잘 쉴 테니."

미소를 지어 보이고는 숙소를 나섰다.

'스승님!'

주차장을 가로질러 내 숙소로 돌아가는 동안 갑자기 스승님 생각이 났다.

'후후후, 연미가 차려 준 밥상 때문인가?'

회귀 후에 부모님을 잃은 나를 거둬주신 스승님이다. 수용소에 머무는 동안 스승님은 내게 검은 빵을 먹이지 않으려고 많은 노력을 했다.

식재료를 구할 수 없을 때는 어쩔 수 없이 검은 빵을 먹어야 했지만 될 수 있으면 다른 것을 먹을 수 있도록 노력하셨다.

수용소에 머무는 이들에 지급되는 검은 빵에는 인간의 잠재력을 뽑아내는 의식에 사용되는 마법적인 재료들이 들어 있기 때문이었다.

'스승님이 아니었으면 이런 생활조차 할 수 없었을 테지.'

스승님은 나를 살아남을 수 있게 지켜주었을 뿐만 아니라 이곳에 오게 된 계기를 만들어 주신 분이다.

'그러고 보니 부모님이 사라지신 후에 나를 감싸 살아남을 수 있게 해주신 분인데 해드린 것이 하나도 없구나. 내 치기 어린 호기심 때문에 돌아가시게 만들기만 하고 말이야.'

비참했던 스승님의 마지막이 생각이 났다.

'스승님께서는 그것이 당신의 운명이라고 말씀하셨지만 결코 네놈을 잊지 않을 것이다. 정말 그렇게 돌아가셔서는 절대 안 되는 분이었는데…….'

8년 동안 가르침을 베풀었던 스승님은 수용소장의 농간에 휘말려 호위총국에서 파견을 나온 장교에게 맞아 죽었다. 생각하면 할수록 정말 어이없는 죽음이었다.

'호위총국에서 나온 그 새끼에게 복수를 하기는 했지만 아직 끝난 것이 아니다. 스승님의 죽음을 몰래 조장했던 그 소장 놈

은 아직도 멀쩡하게 살아 있는 것이 분명하니까.'

스승님은 나에게 있어 지금의 아버지 다음으로 중요한 사람이었다. 그런 스승님을 죽음으로 이끈 배후는 수용소의 소장이었다.

소장이 감추고 있는 비리와 무엇 때문에 그리하는 것인지를 스승님이 알고 있었기 때문이었다.

자신의 비밀이 탄로 나는 순간 죽음이 눈앞에 있음을 깨달은 소장은 음모를 꾸며 스승을 죽게 만들었다.

수용소에서 소장의 권력은 무소불위였다.

보리밥 한 덩이에 치마끈을 풀 정도인 터라 없는 증인을 만들어내서 모함을 하는 것은 아무것도 아니었다.

소장은 스승님께 최고 지도자를 비난했다는 죄명을 씌웠다.

수용소에 잡혀 들어온 자들에게 편안한 삶을 보장하며 증인으로 세웠기에 빠져나갈 길이 없었다.

여러 명이 같은 증언을 했고, 자아비판을 거부했던 스승님은 사람들이 보는 앞에서 호위총국 장교에게 개처럼 맞아 죽었다.

'놈을 찾으려 했지만 사라지고 없었지.'

아버지의 도움을 받아 놈을 찾으려 했지만 이미 사라진 상태였다.

어디로 갔는지 누구도 확인하지 못했지만 분명한 것은 놈이 아직까지 살아 있다는 것이다.

세상 끝까지 뒤져서라도 복수할 것이다.

'생각해 보면 스승님께 정말 여러 가지를 배웠지. 그 어린 나이에 그런 것들을 어떻게 배웠는지 신기할 정도로 많은 것을 말이야. 모두 스승님이 남다른 탓이겠지. 아저씨들의 도움도 컸고.'

지금 생각해 보면 가히 천재 중에 천재라 불려도 시원치 않을 분이 스승님이었다.

물리학, 공학, 수학, 의학은 물론이고, 언어학, 역학, 사회학, 경제학 등 나를 가르친 학문의 내용을 보면 석학을 능가하는 식견을 가지고 계셨다.

한 사람이 능력을 발휘하는 절기뿐만 아니라 그 많은 학문을 알고 있었다는 것은 지금 생각해도 놀라운 일이다.

'스승님은 중앙아시아 소수 부족들이 사용하는 것이라고 말씀하시며 많은 언어들을 가르쳐 주셨지.'

스승님께 배운 것들 중에는 언어들도 있었다. 유럽의 언어는 물론이고, 중앙아시아를 가로지르는 곳에 살고 있는 소수 부족들의 언어들도 있었다.

그 당시 배운 소수 부족의 언어 중 하나가 아버지의 비밀 장소에서 얻은 미지의 서를 해독할 수 있는 단서를 제공했다.

그리고 미하일이 내게 보여준 금판에 적혀 있는 것들을 해석할 수 있는 단서도 제공해 주었다.

'사실 스승님께서 가르쳐 주신 것이 없었다면 나로서는 절대

그 내용을 해석할 수 없었을 것이다. 그때 돌아가시지만 않았다면 더 많은 것을 알 수 있었을 텐데…….'

여러 가지 언어들을 익히는 과정 중에 뜻하지 않게 돌아가시는 바람에 완벽하게 배우지를 못한 것이 못내 아쉬웠다.

'스승님이 가르쳐 주신 언어 중에는 이 세상의 것이 아닌 것도 있는 것이 분명하다. 브리턴에서 봤던 글이나 언어도 스승님이 가르쳐 주신 것 중에 있었으니 말이다.'

스승님이 가르쳐 주신 소수 부족의 언어라는 것이 다른 차원의 언어일 가능성이 아주 크다.

미지의 서나 금판에 적혀 있는 것 중에 브리턴 대륙에 존재하는 문자가 존재했었다.

'스승님의 성함이 정진호라는 것을 제외하고는 알려진 것이 없었지. 경비병들도 스승님에 대해 잘 모르는 눈치였고. 어디서 그런 것을 배우셨는지 안다면 좋았을 텐데…….'

오랜 세월 가깝게 지냈지만 스승님은 당신이 어째서 정치범 수용소에 갇혀 있는지 이야기를 해주지 않으셨다.

할아버지의 동문이라는 것과 나에게 가르치는 여러 가지 학문과 절기들을 제외하고는 신상에 대해 전혀 언급하지 않았기에 아무것도 알 수가 없었다.

'만약 스승님의 지난 행적을 알게 된다면 여러 가지를 알 수 있을 지도 모른다. 이번에 공화국으로 돌아가게 되면 어떻게 해서든지 스승님의 기록도 찾아보도록 하자. 호위총국의 비밀 서

고라면 스승님의 기록이 남아 있을지도 모르니까.'

스승님이 알려준 언어들의 모든 체계를 알게 된다면 금판에 있던 자료를 완벽하게 해석하는 것이 가능하고, 모든 것을 이해할 수 있을 것이기에 모험을 해보기로 했다.

만수연구소의 비밀 서고를 들어갈 수 있다면 호위총국의 비밀 서고도 들어갈 수 있을 테니 말이다.

스승님에 대한 생각을 정리할 때쯤 숙소로 들어설 수 있었다. 수련이 급한 나였기에 침대에 앉아 가부좌를 틀었다.

가부좌를 틀고 명상에 잠긴 뒤에 내 몸을 관조했다. 내 상태를 일단 알아야 했기 때문이다.

'아주 미약하기는 하지만 역시나 수기가 생겼다. 근원까지 빼앗긴 것이 아닌 것이 분명하다. 어쩌면…….'

기쁜 소식이다. 잃어버렸던 것들을 다시 찾을 수 있을 것 같으니 말이다. 꿈속에서의 수련이 현실에서도 영향을 미치는 것이 분명했다.

'시작하자.'

명상을 풀고 자리에 누웠다. 셋째 아저씨가 알려준 대로 꿈을 파고 들어갔다.

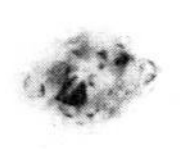

팡!

'제길!'

갑작스러운 공격이다. 순식간에 거리를 좁혀 온 후 연격으로 이루어지는 공격으로 내뻗는 손과 발이 보이지 않았다.

처음 접했을 때보다 100배나 빨라진 속도의 움직임이니 적응하기가 쉽지 않다.

퍼퍼퍽!

"차앗!"

이대로 맞고만 있을 수는 없다. 놈의 공격 방식을 찾아냈으니 그대로 갚아주면 된다.

퍼퍼퍽!

'미꾸라지 같은 놈!'

놈의 공격을 맞고 한 대 치려고 하니 놈이 빠져나간다. 차원이 다른 속도 때문이다.

'크윽, 너무 맞았다.'

내부에서는 기운이 넘치는데도 움직일 힘이 없다.

놈이 내게 한 공격 때문이다. 맞는 곳을 따라 기운이 단절되고 제대로 흐르지 않는다.

이제는 됐다 싶었는데 속도뿐만 아니라 흘려 넣는 기운의 양마저 늘어난 것 같다.

퍼퍼퍼퍽!

"크으윽, 젠장! 빌어먹을!!"

또다시 얻어터졌다. 언제 맞았는지도 모르겠다.

사람 새끼 같지가 않다. 전신이 연기처럼 변하더니 온몸을 두들겨 팬다.

'조금 전만 하더라도 버틸 만했는데…….'

맷집이라면 자신이 있었는데 놈의 속도가 변한 후부터는 견디기 힘들다.

맞을 때마다 전신이 아릴 정도의 고통이 밀려온다. 아무래도 뼛속까지 파고드는 놈의 기운 때문인 것 같다.

'최대한 빨리 놈의 실체를 찾아야 한다.'

안개처럼 변해 버렸지만 놈의 실체가 어딘가 있다는 것을 안다. 눈에 보이지는 않지만 본능처럼 놈의 실체를 찾을 수 있다.

'놈의 실체가 내가 느끼기도 전에 이동을 하는 것이 문제일 뿐이지만…….'

티티티틱!

'크으윽.'

이제는 살점이 뜯겨 나간다.

놈이 내뿜는 공격의 속도가 백 배나 빨라져 타격이 아니라 무기처럼 변해 버린 탓이다.

'크으, 이대로라면 잘 다져진 고깃덩어리가 된다.'

목숨을 건질 수만 있다면 고통은 아무것도 아니다. 죽은 자는 아예 고통을 느끼지 못하니 말이다.

'한 방이면 된다, 놈의 실체에 딱 한 방이면…….'

놈의 실체에 정확한 타격을 가해야 한다는 전제가 붙지만 기회는 있다.

놈에게 맞을수록 몸 안에 움직이는 기운이 커지고 있으니 말이다.

티티티티틱!

"크으으윽!"

'크으, 지랄! 더럽게 아프네. 어떻게 해서든지 놈의 타격을 빗겨 맞아야 한다. 이렇게 계속해서 정타를 허용하면 기회조차 사라질 테니까.'

몸속에서 커지기 시작하고 있는 기운이 놈의 타격으로 흔들리고 있다. 생성되는 양에 비해 조금밖에는 모이지가 않는다.

공격이 닿기 전에 느껴야 한다. 놈보다 속도 면에서 뒤질지는 모르지만 약간만이라도 빗겨 맞을 수만 있으면 된다.

티티티티틱!

터턱!

'크으, 됐다.'

몸에 닿기 전에 놈이 뻗은 공격의 실체를 느꼈다.

두 번뿐이지만 이것만으로도 족하다. 조금 전보다는 훨씬 기운이 많아졌으니 말이다.

터터터턱!

이번에는 네 번이다.

검은 안개 속에서 날아오는 공격을 막기 시작했다. 보이지 않는데도 다가오는 순간 느껴지고 있다.

'크으, 어지럽네. 정신 차리자.'

어지럽지만 정신을 차려야 한다.

'지랄…….'

다시 한 번 확인을 하고 싶지만 그럴 수가 없을 것 같다. 조만간 기절할 것 같으니.

'다시 깨어나면 그때는 달라질 것이다. 그때는…….'

정신을 잃어버리고 말았다.

그렇게 정신을 잃고 다시 깨어났다. 이번에도 완전히 정상인 모습이다.

두들겨 맞으며 생겼던 상처는 어느새 사라지고 없다. 끊어졌던 기운은 어느새 이어져 있었고, 맞기 전보다 더 튼튼해진 것 같기도 하다.

"그럼 또 시작해 볼까?"

생각이 일자 놈의 모습이 눈앞에 나타났다.

휘익!

이번에도 역시 같은 공격이다. 이미 예상을 하고 있었던 것이라 맞받아치며 공세를 펼쳤다.

놈의 모습이 돈다. 내 공세를 비껴가기 위해 몸을 움직인 모양이다.

기이한 움직임이다. 마치 안개처럼 흩어지는 것 같은 환영이 눈에 맴돈다.

정신을 집중하자 머리가 맑아지기 시작한다.

그것뿐만이 아니라 기운의 흐름도 선명하게 느껴진다. 똑같은 상황에서 1만 번 만에 느껴지는 현상이다.

'마치 허깨비처럼 흩어졌다가 다시 공격을 해오겠지.'

팡!

불쑥 나타난 놈의 발을 손으로 틀어막았더니 공기가 터져 나간다. 엄청난 속도가 맞붙은 결과다.

'됐다. 처음과는 달리 맞설 수 있게 됐다.'

처음과 달리 엄청나게 빠르게 진행된 공격이지만 막아낼 수 있었다.

파파파팡!

뒤이어 놈을 가격했다. 허깨비 속에 있는 실체를 공격한 결과다.

무려 만 번을 두들겨 맞다가 기절하는 것을 반복해 온 나로서는 신나는 일이다.

퍼퍼퍼펑!

놈을 향해 연신 맹공을 퍼부었다. 흔들리는 허깨비 사이로 놈의 신형이 보인다.

'됐다.'

퍼퍼퍼퍽!

놈을 패줄 수 있다는 생각에 다가섰는데 놈의 발이 내 다리부터 시작해 머리까지 연속으로 두들겼다.

지금까지와는 전혀 다른 패턴의 공격이었다.

문제는 그것만이 아니었다.

"컥!"

전신이 욱신거린다. 힘이 쑥 빠지고 몸을 가눌 수가 없다. 발만으로 놈이 내 기운을 끊어 버린다.

'니미, 또 기절이냐?'

지금까지와는 비교도 할 수 없는 양이 기운이 파고들어 전신을 가닥가닥 끊어 버린다.

아득히 정신을 잃어야 했다.

그리고 얼마 있지 않아 정신을 차릴 수 있었다.

몇 번의 공세를 피하며 반격을 한 후 두들겨 맞다가 기절을 하는 것이 반복이 됐다.

위안이 되는 것은 그나마 놈의 공세를 피하는 시간이 조금씩 늘어난다는 것이다.

다시 두들겨 맞다가 기절을 한 후 깨어났다.

만 단위가 넘게 기절했다가 깨어난 후 놈과 같은 공세를 펼치고 있었다. 마치 태극처럼 완벽하게 맞물려 돌아나가고 있다.

놈이 검은 연기처럼 변한다. 이제는 나도 똑같이 변할 수 있다. 전신을 산화해 연기처럼 변화한 후에도 마찬가지다.

"으음, 깼나?"

기절하고 나서 다시 깨어났다.

"나쁘지 않은 기분이군."

어쩐 일인지 상쾌한 기분이다. 육체를 사용하는 방법을 마스터할 수 있는 단초를 찾은 탓일 것이다.

"일단 공간이 일그러지기 시작했으니 꿈속을 나가자."

생각이 일자마자 현실에서 눈을 뜰 수 있었다. 상당히 오랜 시간 동안 놈과 전투를 벌였는데 정말 시간이 지나지 않은 것 같다.

기껏 해야 두 시간 정도밖에 지난 것 같지 않으니 말이다.

'아까보다 더 시간의 흐름이 달라졌다. 거의 3,000배 정도는 되는 건가? 브리턴에서 얻은 능력이 효과를 발휘하는 것이 분명하다.'

꿈속에서의 시간이 늘어날수록 내게 도움이 된다. 나를 완성시켜 줄 시간이 더욱 늘어난다는 뜻이니 말이다.

'일단 씻어야겠군.'

아침처럼 몸에서 냄새가 난다. 아주 심한 악취다. 욕실로 들어가 몸을 씻었다.

이번에는 침대 시트도 벗겨서 가지고 들어갔다.

샤워를 시작하자 피부에 붙어 있는 이물질들이 빠르게 씻겨 내려갔다.

침대 커버에 묻어 있는 이물질들도 내 의지에 따라 물방울이 움직여 털어냈다.

그렇게 다 씻은 후 점심을 먹으러 연미의 숙소로 갔다. 점심으로 준비된 것은 빵과 햄을 얇게 잘라놓은 것이 전부였지만 맛있게 식사를 할 수 있었다.

점심을 다 먹고 다시 숙소로 돌아와 수련에 매진했다.

기절하는 시간이 점차 줄어들고 놈에게 공세를 취하는 시간이 점점 많아졌다.

그리고 어느 순간, 놈을 넘어설 수 있었다.

완벽하게 놈을 뛰어 넘는 순간 모든 것이 사라졌다. 내 첫 번째 패배의 당사자였기에 서운한 마음이 들 정도였다.

수련의 성과는 아주 뛰어났다. 실전과 같은 수련으로 기운의 수발이 자유로워졌으니 말이다.

나는 곧장 지금까지 머릿속으로만 배웠던 것들을 수련하기 시작했다.

아저씨들이 가르쳐 준 것들과 스승님에게 배웠던 것들, 그리고 브리턴 대륙에서 배웠던 것들까지 빠르게 익혀 나갔다.

얼마나 시간이 지났는지 느끼지 못할 정도로 수련에 집중했다. 그렇게 시간이 지나고 잠에서 깨어났을 때, 많은 것이 변했다는 것을 실감할 수 있었다.

'다행히 아까보다는 냄새가 덜하군.'

악취가 풍기던 전과는 달리 몸에서 풍기는 냄새가 많이 지워졌다.

흘러나오는 노폐물의 양이 많이 적어진 탓이 분명했다.

다시 몸을 씻으러 욕실로 갔다. 전과 마찬가지로 몸을 씻으며 빨래를 했다.

나온 후에는 다시 수련을 하기 시작했다. 배웠던 것들을 체화하는 시간이었다.

다섯 명의 아저씨들과 스승님이 알려주신 것들을 중점적으로 익혔다. 놈과의 실전을 겪으며 어느 정도 익혔던 것들이라 빠르게 체화할 수 있었다.

어느 순간부터 공간의 일그러짐이 느껴지지 않는다.

그동안 배워왔던 것들을 내 것으로 만드는 것에 빠져 시간이 얼마나 흘렀는지 느껴지지 않았다.

'이제 더 이상…….'

모든 것을 체화했다는 생각이 들자마자 이상 현상이 발생했다. 팔목 어름에서 간지러움이 시작된 것이다.

'천곤인가?'

나를 차원을 넘나드는 게이트의 주인으로 만들어준 천곤의 움직임이 시작되었다. 본래는 연결된 차원이 정확히 일곱 개였는데 지금은 달라졌다.

북두칠성처럼 이어진 일곱 개의 게이트 옆에 희미하게 두 개의 게이트가 더 생겨났다. 연결된 차원이 아홉 개가 된 것이다.

'이건 뭘 의미하는 거지?'

새로 생긴 두 개의 연결점이 도대체 무엇을 뜻하는지 모르겠어 답답하다.

'아!'

연결이 된 것만이 아니다.

두 개의 게이트 연결점으로부터 막대한 양의 기운이 흘러들기 시작했다.

[기다려 줘요. 조만간 만나게 될 거예요.]

쏟아져 들어오는 기운과 함께 뇌리를 울리는 목소리가 나를 일깨웠다.

처음 연 게이트를 통해 인연을 맺은 존재들이 동시에 보내오는 의지였다.

모든 것을 잃었다고 생각했는데 엘리멘탈과 연결이 됐다.

'내가 처음 들어간 게이트는 본래 생각했던 곳과는 다른 곳이었던 것이 분명하다.'

일곱 개의 연결된 차원 중 한 곳에서 만났다고 생각했는데 이제 보니 아닌 것이 분명했다.

[너희들, 그동안 어디에 있었던 거지?]

[아직은 때가 아니에요. 하지만 조만간 만날 수 있을 거예요. 그리고 모든 것을 아시게 될 테니 지금은 자신에게 집중하세요. 우리가 여기서 도울 테니 아무 걱정도 하지 마시고요.]

[알았어. 다시 만날 때는 진실을 말해 줬으면 좋겠어.]

흘러 들어오는 기운들이 너무 강해 엘리멘탈들과의 대화가 어려웠다.

꿈속이지만 흘러 들어오는 기운은 진짜였다. 자칫 육체가 붕괴될 수도 있는 상황이라 집중을 해야 했다.

제5 장

수기를 조금이나마 되찾을 때부터 내가 가진 기운의 근원이 남아 있다고 생각했는데, 정말 사실이었다.

두 개의 연결점으로부터 흘러 들어오는 기운들은 내가 가졌던 모든 기운들의 성질을 포함하고 있었다.

잃어버렸던 것들이 빠르게 차올랐고, 전보다 더욱 완벽해지고 있었다.

그리고 부족했던 것들과 과했던 것들이 어느새 같은 수준에 올랐다.

'완벽한 균형 상태가 됐구나.'

다섯 가지 속성의 기운이 균형을 이루고 나서 소용돌이치는 기운들이 몰려왔다.

뜨겁고 차가운 두 가지 기운은 평형을 이룬 다섯 가지 기운의 주변을 천천히 휘돌았다.

다섯 가지 기운은 마치 토성 같았고, 두 가지 기운은 그 주위를 도는 띠처럼 보였다.

음양의 성질을 가진 것으로 보이는 두 기운은 오행의 속성을 가진 기운의 안쪽으로 천천히 스며들었다.

우우우웅!

뜨겁고 차가운 기운이 완전히 스며들고 난 후, 양쪽 팔목에서 진동이 시작되더니 온몸이 떨렸다.

그리고 기운들이 정확히 절반으로 나뉘었다. 수평이 상태로 나뉜 기운은 하나는 아래로, 하나는 위로 움직이더니 변화하기 시작했다.

"크으!"

기운의 변화가 시작된 뒤 손목에 통증이 일었다. 화인으로 지지는 것 같은 통증이 시작되며 기존에 있던 게이트의 연결점들이 변하기 시작했다.

'무지개 색으로 변하고 있다.'

연결점들이 각자의 색을 가지기 시작했다.

통증은 점점 강렬해지고, 연결점들이 띠고 있는 색들이 점점 진해졌다.

'크으윽!'

더 이상 참을 수 없을 만큼 통증이 심해져 몸을 움직이려는 찰나, 빛이 뿜어져 나왔다.

통증이 순식간에 사라지고 칠색의 영롱한 빛들이 나를 감싸며 휘감아 돌았다.

정보가 쏟아져 들어온다. 인과율 시스템에 접속해 정보를 전해 받은 경험이 있었기에 정신을 집중했다.

정신이 흐려지는 순간 모든 것이 틀어지고 심각한 위기가 찾아올 것이라는 알기에 최대한 집중했지만 어찌된 영문인지 졸음이 밀려온다.

'이러면 안 된다.'

지금의 변화가 이곳 현실 세계는 물론이고, 연결된 세계에도 변화를 일으키고 있다는 것을 느낄 수 있었다.

정보가 필요했다. 인과율 시스템에서 전해지고 있는 정보를 전부 알아야 했다.

'으음.'

정신을 잃었어야 정상인데 억지로 유지하고 있는 탓에 과부하가 걸리기 시작했다.

그렇지만 쑤시는 것 같은 통증을 더 이상 참을 수 없다.

나를 휘감은 빛들이 무엇인지 모르지만 해를 끼치려는 것은 아닌 것 같기에 눈을 감았다.

번쩍!

눈을 감자 통증이 점차 사라져 간다.

천곤에서 전해지는 정보들이 선명하게 뇌리에 떠오르고 사라졌다.

정보의 양이 점점 많아지고 정보들이 의식 속에서 실체화하는 과정을 겪으며 서서히 정신이 희미해졌다.

쑤욱!

영혼이 육체에서 이탈했다.

유체를 이탈한 나는 내 몸을 바라보고 있었다.

'그대로 빠져나온 건가? 아니면 현실인가?'

현실이 아닐지도 모른다는 생각에 주변을 살펴봤다. 수련을 행하기 전에 내가 있었던 숙소가 맞았다.

두근! 두근!

현실에서도 상황은 비슷했다.

심장의 박동과 같은 떨림이 지속되는 가운데 빛으로 휩싸인 모습은 정말 장관이었다.

영롱한 일곱 가지 빛들이 전신을 번갈아 감싸는 것도 정말 잠시였다.

빛들은 내 손목에 채워진 천곤 속으로 흡수되더니 어느새 내부로 파고들어 내 육체를 자신의 것으로 만들고 있었다.

빨강색에서 주황색, 그리고 노란색으로 연이어 몸의 색깔이 무지개처럼 변하고 있었다.

'내게 속한 세계가 변하고 있다는 것은 알겠는데, 새롭게 나타난 연결점들의 세계도 변하고 있는 건가?'

굳이 어떤 색의 빛이라고는 말하기 어렵지만 새롭게 나타난 연결점들에서도 빛이 뿜어져 나오고 있었다.

잠시 후, 빛이 점차 잦아들기 시작했다. 그와 함께 유체를 이탈했던 내 영혼이 흔들렸다.

쑤우우욱!

영혼이 육체 쪽으로 빠르게 빨려 들어갔다. 육체에 안착을 끝내자 몸의 변화를 확실히 느낄 수 있었다.

'이곳이 꿈인지 현실인지 파악해야 한다.'

엄청난 변화가 일어났다.

만약 내게 벌어진 것이 현실 속에서 일어난 것이라면 문제가 심각하기에 서둘러 그것부터 살폈다.

'꿈속이 아닌 현실이다.'

확인하는 것은 간단했다. 어떻게 된 영문인지는 잘 모르지만 현실 세계의 인과율에 접속이 된 상태라 명확하게 인지할 수 있었다.

'그렇다면 다른 이들도 알아차렸을 것이다.'

브리턴에서처럼 차원 에너지의 파동에 대한 것을 찾아낼 수 있는 탐색기를 가진 이면 조직들이 있다.

국가 차원의 지역을 관리하는 이면 조직들이라면 누구나 가지고 있다고 봐야 한다.

이들이 운영하는 탐색기는 스팟과 게이트를 찾아내기 위해 만들어진 것이다.

거의 100퍼센트에 가깝게 에너지 파동의 진원지를 찾아낼 수 있는 것들이다.

내게서 흘러나온 차원 에너지가 상당한 양이기에 분명히 탐색이 됐을 것이다.

'블리자드를 상대하는 것도 꽤나 골치 아픈데, 다른 이면 조직들이 몰려들면…….'

준비할 것이 더 늘어날 것 같다. 어려울 테지만 혼란한 틈을 잘 이용한다면 기회가 될 수도 있는 상황이다.

자리를 털고 일어났다. 시간의 흐름이 얼마나 지났는지 확인을 해야 할 차례다.

띠리리리!

전화기를 들자 신호가 간다.

— 왜? 무슨 일 있어?

— 아니.

— 쓸데없는 생각 말고, 저녁에 밥이나 먹으러 와.

— 아, 알았어.

연미는 아마도 내가 다른 생각을 하고 있다고 생각한 모양이다. 연미의 말에 쑥스러움을 느끼며 전화를 끊었다.

'재미있군.'

창문으로 들어오는 햇살의 높이로 봤을 때 점심을 먹고 숙소에 들어 온지 채 한 시간도 지나지 않은 것 같다.

'날짜로 헤아릴 수 없을 만큼의 시간을 보냈는데도 한 시간

이 지나지 않았다면 절대 아저씨의 수련법으로 만들어진 것이 아니다.'

내가 깨우치고 체화한 것으로 봤을 때 꿈속의 공간에서 보낸 시간은 하루, 이틀이 아니라 적어도 수십 개월의 시간이었다.

그럼에도 한 시간이 채 지나지 않았다면 전혀 다른 힘이 개입된 것이 분명하다. 하탄에서 얻은 시간의 흐름을 지배하는 힘 말이다.

'혹시!'

— *젠!*

— *치이이이……*.

젠에게 생각을 전했다. 의지는 전해져 오지 않았지만 반응은 있었다.

— *젠, 내 부름에 답해라.*

강한 의지를 담아 젠을 불렀다.

— *마, 마……*.

중간 중간에 끝나기는 하지만 내 부름에 답하려는 의지가 전해져 왔다.

— *내 부름에 답해라, 젠!!*

의지에 기운을 담아 젠을 불렀다.

— *마스터!*

손목에 찌릿, 하는 통증이 일더니 젠의 응답이 들렸다.

— 상태는 어떠냐?

— 차원을 넘느라 많은 부분이 어긋나 있지만 하루 정도면 회복이 될 것 같습니다.

— 시간을 줄일 방법은 없느냐?

— 최대한으로 줄인 시간입니다. 마스터의 기운을 전해 받고 있는 상태에서 복구에 걸리는 최소한의 시간이 하루입니다.

— 기운을 더 보낸다면 더 빨라지지 않나?

— 마나가 아닌 상태라 지금의 저로서는 더 이상의 에너지는 감당할 수가 없습니다. 그리고 마스터의 에너지에 동화되기 위해서라도 최소한 하루가 필요한 상황입니다.

— 그렇군. 그나저나 이곳 인과율에 걸리는 것은 없나?

— 다행히 마스터께서 이곳 인과율에 접속해 계신 상태라서 문제는 없습니다.

— 그렇다면 다행이다. 의식을 열어둘 테니 이곳의 정보를 습득해 가며 복구를 하도록 해라. 어쩌면 곧바로 움직일지도 모르니 말이야.

— 예, 마스터.

— 다시 만나서 반갑다. 너를 영원히 잃어버리는 줄 알았다.

— 저도 그렇습니다, 마스터. 이렇게 다시 모시게 돼서 저도 기쁩니다.

— 젠, 복구가 끝난 후에 브리턴에서 일어난 일에 대해서 듣

고 싶다.

— 저에게 걸려 있던 제약도 사라졌고, 데이터 손실은 없었으니 모든 것을 말씀드릴 수 있을 겁니다.

— 그래, 알았다. 최대한 복구를 서둘러라. 기운도 개방을 해 놓을 테니 마음대로 가져다 쓰고.

— 예, 마스터.

모든 것을 잃고 현실 세계로 돌아왔을 때 젠에게 무언가 제약이 걸려 있던 것이 아닌가 하는 생각을 했었다.

인과율에 직접적으로 접속을 할 수 있는 젠이 나에게 벌어지는 일들을 몰랐을 리 없으니.

내 생각이 맞았음을 젠과 접속을 하는 순간에 명확하게 깨달을 수 있었다. 친밀도나 동화율이 전보다 월등했다.

나에게 벌어졌던 일의 전말을 듣고 싶었지만 참아야 했다.

젠에게 걸려 있었던 제약은 아마도 인과율에 영향을 미치는 것일 것이기 때문이다.

아직은 인과율을 피해갈 수 없으니 젠이 복구되기를 기다려야 한다.

복구된 젠이라면 현실 세계의 인과율을 충분히 피해갈 수 있을 것이다.

'어떤 놈들이 몰려오던 간에 젠이 있다면 내가 계획한 일들이 성공할 확률은 더욱 올라간다. 무엇보다 아버지를 살려낼 수도 있을지도 모른다.'

젠은 마법을 사용할 수 있다. 정확하게 말하자면 젠이 나를 통해 마법을 사용할 수가 있다.

그레이트 힐이나 그레이트 리커버리 같은 8클래스급 마법이라면 무너져 가는 아버지의 육체를 다시 회복시킬 수 있을 것이다.

'불쌍한 분이시다. 그리고 자신이 세상에 끼친 해악을 스스로 갚으시도록 하는 것이 그분을 위해서도 좋다. 일단은 내 상태를 확인해 보자.'

현실에서 어떤 능력을 발휘할 수 있는지 확인할 시간이다.

젠이 회복 중이라 마법은 사용하지 못하지만 다른 것은 얼마든지 사용할 수 있으니 확인이 가능했다.

슈웃!

손을 내밀며 기운을 밀어내자 블레이드가 솟구친다. 내 의지와 기운을 만들어진 유형의 칼날이다.

검의 마스터라 일컬어지는 이들이 사용하는 오러 블레이드다.

'후후후, 중국 쪽에서는 검강이라고 부른다지, 아마.'

오러 블레이드에 담긴 강한 힘이 느껴진다. 걸리는 것은 무엇이든지 베어버릴 것 같은 강한 기세도 숨겨져 있다.

쏴―아아아!

오러 블레이드를 확인하자마자 기감을 열었다. 순식간에 확장되는 의식이 연구소까지 미치는 것이 느껴졌다.

'거짓말 같군.'

연구소에서 숙소까지의 거리는 대략 20킬로미터다. 나를 중심으로 따졌을 때의 반경이니 어마어마하게 넓은 지역을 내 영역으로 둘 수 있다는 사실이 놀라웠다.

괜히 놀라운 것이 아니다.

확장된 기감 안에서 일어나는 모든 것이 느껴진다. 실시간으로 전해지는 엄청난 정보들이 하나하나 전부 인식되고 있다.

'마치 신이 된 기분이군.'

의지만 있다면 내 감각의 영역 안에서 무엇이든지 가능할 것 같다.

나와 연미를 감시하기 위해 숙소 주변에 잠복해 있는 블리자드의 능력자들은 물론이고, 미하일이 붙인 자들까지 한순간에 정리할 수 있을 것 같았다.

'그것은 나중에 시험하면 되고. 일단 그것이 존재하는지 확인을 해봐야 한다.'

나중에 발견될 에너지체가 지하에 있는지 확인을 해야 했다. 감각을 더욱 확장시켰다.

기감의 영역이 평면이 아니라 입체화되면서 지하에 있는 것들이 느껴진다.

'있다. 하지만 에너지 파동이 거의 느껴지지 않으니 이상하군.'

거대한 원형의 에너지체가 느껴지기는 했지만 담겨 있는 양은 미미한 수준이다. 담겨 있었던 것들이 모두 빠져나간 것처럼 말이다.

'설마!'

잃어버렸던 것들을 되찾았다는 사실에 미처 인식하지 못했지만 내 몸속에 담겨진 기운이 아주 익숙하다는 사실을 깨달았다.

회귀 전에 연구소 내에서 실험을 위해 무수하게 주입받았던 기운과 같았다.

'지금 내 몸속에 휘돌고 있는 기운들은 바로 저기에서 나온 것이다. 하탄이 날려 보낸 차원 에너지가 전부 나에게 전해진 건가?'

세계의 근원을 비트는 시도가 실패하고 남겨진 기운이 확실했다.

일곱 세계의 마나 마스터로부터 비롯된 차원 에너지의 집합체가 계획이 실패하면서 연구소 지하에 잠들었고, 천곤이 열리면서 내게로 전해진 것이 분명했다.

'하탄의 기운도 있었기에 젠이 깨어난 것이 분명하다. 그리고 그녀들과 연결이 된 것도.'

내 짐작이 맞을 것이다. 그래야 내게 일어난 일들에 대한 설명이 가능하니 말이다.

'그렇지만 내 몸속과 영혼 속에는 일곱 개 차원의 기운만 있는 것이 아니다. 나머지 두 개의 차원은 인과율 시스템과 어떤

접속도 없었는데…….'

새롭게 연결된 다른 차원의 기운들이 선명하게 느껴진다.

마치 이지가 있는 것처럼 다른 차원들의 에너지를 다독이며 조율하고 있는 두 차원의 에너지들을 뭐라 설명할지 모르겠다.

'확실한 것은 나를 돕고 있다는 거지. 무엇보다 엘리멘탈들의 의지가 두 개의 차원에서 동시에 전해져 온 것을 볼 때 믿을 수 있다.'

현실에서의 상황이 복잡해지고 있다.

그렇지만 신경을 써야 한다. 내게 일어나고 있는 일들이 어쩌면 현실의 상황보다 중요할 수 있다.

'비록 에너지를 전부 흡수하기는 했지만 한 번 가봐야 한다. 하탄이 시행했던 결과물이니까 말이야.'

에너지를 담고 있던 실체를 확인해야 할 것 같다. 일곱 개의 차원을 가로질러 세계를 변화시키려 했던 실체인 만큼 뭔가 남아 있을 가능성이 컸다.

'젠이 완전히 회복되면 공간 이동이 가능할 테니 내일 정도나 가보자. 휴식이 내일까지다. 모레부터는 연구소로 출근을 해야 한다. 문제는 감시를 어떻게 피하느냐 하는 건데… 마법으로 감시를 피할 수 있는지 알아봐야겠군.'

— 젠!

— 예, 마스터.

— 이곳에 내가 있는 것처럼 보이고 다른 곳으로 공간 이동이

가능해?

— 미러 마법을 이용한다면 문제없습니다.

— 좋아. 회복이 끝나면 갈 데가 있으니 준비를 해둬.

— 알겠습니다, 마스터.

젠에게 확인하고 나니 안심이 되었다.

'그나저나 저녁 먹기 전까지 뭘 하지?'

아직까지 시간이 많이 남았다. 다시 수련을 하자니 더 할 것도 없다. 내가 할 수 있는 것들을 전부 체화까지 마친 상태니 말이다.

'육체도 완전히 변해 버려 수련이 필요가 없는 상태고, 미하일이 뭘 하는지 한 번 살펴볼까?'

내 계획에 중요한 변수가 되어줄 이가 미하일이었기에 살펴보기로 했다.

감각을 집중하자 미하일의 실체가 느껴졌다. 그의 의식은 물론 행동 하나하나까지 전부 살펴볼 수 있었다.

미하일은 요즘 한 가지를 찾고 있었다.

연구를 진행하며 비밀리에 감춰진 정보 하나를 얻을 수 있었기 때문이다.

러시아는 2차 세계대전이 끝난 후 공포의 정치가 계속 됐다.

최악의 독재자라고 할 수 있는 서기장이 전쟁이 끝난 후 반대파에 피비린내 나는 숙청을 단행했기 때문이다.

그것뿐만이 아니었다. 서기장은 아시아계에 대한 인종 청소까지 실시했다.

서기장을 반대하는 대부분의 사람들과 아시아계 사람들이 시베리아의 수용소로 보내졌고, 그곳에서 수백만 명이 굶주림과 추위에 죽어나갔다.

서기장은 그런 공포정치를 통해 자신의 권력을 굳히고 러시아연방을 지배했다.

그러나 서방세계와 러시아에 알려진 것과는 사정이 조금 달랐다.

서기장에 의해 반대파와 아시아계 사람들이 시베리아 수용소에 보내진 것은 맞지만 세간에 알려진 것과는 다르게 죽은 이들이 더 많았다.

대부분 자신이 주관했던 것과 비슷한 제의에 따라 죽었다는 정보를 입수했던 것이다.

미하일은 제의를 주관했던 장소를 찾아왔다.

그리고 그 장소가 바로 연구소에서 얼마 떨어지지 않은 암산의 동굴 속에서 이루어졌다는 것을 알아냈다. 이번에 모스크바에 다녀오면서 최종적으로 확인한 사실이었다.

연구소에 남아 있던 인력들이 모두 3일간 휴식을 가지는 기간이었기에 미하일은 방한복을 잘 갖춰 입은 후 모터 썰매를 타고 자신이 찾아낸 동굴로 향했다.

눈이 계속 내리고 있기는 하지만 더 좋았다. 자신의 흔적을 지워줄 것이기 때문이었다.

연구소를 떠난 지 한 시간이 지나지 않아 목적했던 동굴의 입구를 발견할 수 있었다.

내리는 폭설 때문에 시간이 지체되어서 그렇지, 맑은 날씨라면 30분이면 올 거리였다.

'으음, 주변에 감지되는 것이 없는 것을 보면 블리자드에서 온 놈들은 차훈을 감시하고 있겠군.'

자신이 가지고 있는 능력으로 주변을 스캔한 미하일은 아무도 없음을 확인할 수 있었다.

폭설로 인해 10미터 앞을 분간할 수 없는 상황이다. 감시하고 있는 능력자가 있다고 할지라도 자신이 무엇을 하는지 알 수는 없을 터였다.

미하일은 모터 썰매에서 내려 동굴로 들어섰다.

동굴 안으로 들어갈수록 어둠이 짙어졌다.

화르르르!

완전히 어둠에 잠기자 미하일의 주변으로 붉은 광채를 흘리는 구체가 떠올랐다.

피처럼 선명한 광원이 동굴을 비췄다.

'문서에 적혀 있는 대로 입구를 철문으로 막아놨구나.'

군데군데 녹이 슨 거대한 철문이 보였다. 30센티미터 두께의 철문이었다.

미하일은 철문으로 다가가 주변을 살폈다. 무게만 해도 어마어마해 인간의 힘으로는 열 수 없는 철문이라 개폐 장치를 찾는 것이다.

'여기 있군.'

철문 왼쪽 끝에서 사각형의 홈을 발견한 미하일은 그곳에 손을 얹었다.

지—이이잉!

작은 울림과 함께 녹색의 빛이 흘러나오며 버튼들이 활성화됐다.

'암호가…….'

비밀 문서에 적혀 있던 암호를 기억해 낸 미하일은 하나하나 차례로 눌렀다.

철컥!

끼기기기기긱!

잠금 장치가 열리는 소리와 함께 귀를 찢는 듯한 소리가 동굴을 울렸다.

시간이 오래 지나 녹이 슨 탓에 철문이 움직이며 나는 소리였다.

철문이 천천히 옆으로 밀려 나갔다. 완전히 열리지는 않고 겨우 사람 하나가 지나갈 만한 정도로 열린 후 멈춰 섰다.

미하일은 망설이지 않고 열려진 철문을 통해 안으로 들어갔다. 붉은 빛을 흘리는 구체가 머리 위에 둥둥 떠서 그의 뒤를 따랐다.

동굴 안으로 들어온 미하일은 익숙한 모습을 볼 수 있었다. 자신도 비슷한 구조물을 만들어봤기에 모를 수가 없었다.

역 피라미드!

피라미드를 거꾸로 세운 것 같은 거대한 구조물이 천정에 달려 있었다.

피라미드의 꼭짓점이 바닥을 향해 있었다. 그리고 바닥에는 거대한 원형 마법진이 새겨져 있는 구조물이었다.

'내가 만들었던 것보다 최소한 열 배 정도 큰 것이다.'

정확한 비율로 만들어져야 하기에 구조물의 규모를 한눈에 알 수 있었다. 가로와 세로가 99미터, 높이 99미터로 자신이 만든 것의 정확히 열 배 규모의 구조물이었다.

하중이 엄청날 텐데도 피라미드의 꼭짓점 하나만으로 버티고 있는 것이 신기한 구조물이었다.

'구조물은 총 세 번 만들어졌다. 제일 처음 만들어진 것은 만주에서였고, 두 번째는 이곳, 그리고 마지막은 내가.'

미하일이 본 비밀 일지에는 두 가지 기록이 있었다. 처음 만든 것은 일본이었다. 만주에 괴뢰정부를 세운 후 구조물을 만들어 혈정을 제조했다. 중국인들과 조선인들의 죽음을 이용해 혈정을 만든 것이다.

처음 구조물을 만든 일본은 성공했지만 이곳에서 혈정이 만들어졌다는 기록은 없었다. 서기장의 바람과는 달리 실패를 한 것이다.

'그것만이 아니지, 내가 성공을 하자 다시 진행이 됐지만 그것마저도 실패하고 말았지.'

같은 방법을 사용했음에도 두 곳에서는 성공을 하고 이곳에서는 실패를 했다.

이곳에서 진행된 제의가 실패한 이유는 아무도 모르지만 미하일은 한 가지 짐작이 가는 것이 있었다.

오랜 옛날 이곳에서 멀지 않은 곳에서 거대한 폭발이 있었다. 대폭발의 영향으로 인해 에너지 특이점에 변형이 있었고, 그로 인해 제의가 실패했다는 결론이었다.

미하일이 이렇게 생각하는 것은 자신이 행했던 제의가 다른 곳에서 행해졌었기 때문이다.

당시 연구소에 머물고 있었지만, 제의를 한 곳은 이곳에서 아주 멀리 떨어져 있는 극동지역이었다.

'지금까지 연구한 대로라면 이곳에서 했던 제의는 결코 실패한 것이 아니다. 에너지 특이점이 발생해서 이곳에서 행해진 제의로 인해 모아진 혈기들이 혈정으로 만들어지지만 않았을 뿐 그대로 있을 것이다. 하지만…….'

자신의 능력을 높일 수 있는 방법을 찾아냈지만 미하일은 함부로 시도할 수 없었다.

자신이 가진 혈정을 촉매로 잠들어 있는 혈기를 모을 수는 있었다. 그러나 이곳이 에너지 특이점이라 무슨 일이 발생할지 몰랐기 때문이다.

'있는 것만 확인했으면 됐다. 아직 선불리 시도할 수 있는 것은 아니다.'

블리자드에서 본격적으로 나서고 있고, 수뇌부에서도 의혹을 가지고 있는 것 같아서 확인을 해보기 위해 왔던 것뿐이었다.

진행되고 있는 연구가 완성된 것도 아니고, 급하다면 시도를 해보겠지만 아직까지 위험을 감수하고 싶지는 않았다.

미하일은 걸음을 돌려 밖으로 나갔다. 그러고는 다시 개폐 장치를 작동시켜 철문을 닫았다.

끼기기기긱!

쿵!

'남아 있던 자료들을 모두 폐기시켰지만 이곳에 대해 알고 있는 것은 오직 나뿐만이 아닐 수도 있다. 서기장이 아무도 모르게 진행시킨 실험이기는 하지만 블리자드라면 이곳에 대해 알고 있을 수도 있으니 말이다. 혹시 모르니 실험도 겸해서 안전장치를 해놓는 것이 좋겠다.'

변수를 허용하고 싶지 않았던 미하일은 닫혀 버린 철문에 손을 가져다 댔다.

얼마 전부터 현실화시킨 능력을 사용해 안전장치를 하기 위해서였다.

붉은 빛을 뿌리던 혈정이 그의 정수리로 스며들더니, 이내 팔을 타고 철문으로 스며들었다.

붉은색의 문양이 철문에 그려지기 시작했다.

도저히 그 뜻을 알 수 없는 기하학적인 문양의 빛이 철문 전체에 그려지자 미하일은 손을 뗐다.

놀랍게도 철문은 어느새 사라지고 거대한 암벽이 그 자리를 대신하고 있었다.

"후후후!"

해석한 대로 결과물이 생성되었다.

환각이 아니라 혈정에 담긴 에너지를 이용해 물질을 생성해 낼 수 있는 마법 같은 능력의 결과가 바로 눈앞에 있었다.

실험하는 차원이 아니라 실제 적용을 해봤는데 상당한 크기임에도 자신의 뜻대로 되었기에 미하일은 만족스러웠다.

'블리자드 때문에 안심을 하지 못했었는데 다행이군. 이정도면 아무리 능력자라도 알아차리지 못할 테니 말이야.'

혈정을 이용한 첫 번째 시도에서 놀랄 만한 결과가 만들어졌다. 자신이 설치했음에도 암벽 뒤편에 있는 구조물에 대해서는 아무것도 느껴지지 않으니 말이다.

'완벽히 폐쇄가 됐다. 설치한 나조차 가늠을 할 수 없으니까. 정보를 알고 이곳을 찾아온다고 해도 아무것도 얻을 수 없을 것이다. 후후후, 이 정도면 거의 신화급에 달하는 능력이나 마찬가지니 좀 더 수련을 해야겠다. 거기에 박차훈이 만들어낼 성과

를 얻게 된다면 더 이상 참지 않아도 될 것이다.'

차훈이 해석한 것을 기반으로 자신이 연구한 것이 결코 틀리지 않았음을 증명해 주었기에 미하일은 너무나도 기뻤다. 머지않아 강력한 힘을 손에 쥐게 될 것이기 때문이었다.

자신의 연구한 것들을 전부 수습할 수만 있다면 블리자드를 결코 두려워하지 않아도 될 터였다.

미하일은 발걸음을 돌려 동굴을 빠져나왔다. 타고 왔던 모터 썰매를 이용해 연구소에 딸려 있는 자신의 숙소로 향했다.

제6 장

미하일이 이런 비밀을 감춰놓고 있었다니 놀라운 일이다.

의식 속에 스스로도 인지하지 못할 장벽을 치고 혈정이나 제의에 관한 것을 봉인한 것은 아마도 능력자들 때문일 것이다.

의식을 파고들어 읽어낼 수 있는 능력자들이라면 이런 비밀 정도는 금방 알아차릴 테니 어쩌면 내가 읽어내지 못한 것이 당연한 일일지도 모른다.

'의식에 교묘히 장벽을 쳐 놨기에 이번 일이 아니었으면 알지 못했을 수도 있었겠군.'

미하일이 그렇게 감추고 싶어 하는 이유도 알 것 같다. 미하일이 가진 능력의 원천인 혈정이 등장했을 때 나도 무척이나 놀랐으니까.

'혈정을 모를 수가 없지. 아니, 누구보다 더 잘 안다고 할 수 있지. 나도 그것을 얻었던 사람이니까 말이야.'

회귀 후에 나에게 벌어졌던 놀라운 일들의 원인이 바로 혈정이었다.

할아버지에게서 어머니에게로, 그리고 나에게로 전해져 뇌전의 힘을 얻을 수 있었던 이유는 그것이 바로 혈정이었기 때문이었다.

'미하일의 기억대로라면 혈정을 제일 먼저 만들어낸 곳은 일본이었다. 그렇다면 내가 흡수한 것은 일본에서 만들어낸 것이 분명하다.'

어떻게 할아버지의 손에 혈정이 들어갔는지는 모르지만 일본이 만들어낸 것은 분명한 것 같다. 미하일이 가지고 있는 것과는 발현되는 형태가 같지 않지만 근본은 같은 것이었다.

'이번에 찾은 동굴에 잠재되어 있는 기운을 얻는다면 스승님께서 말씀하신 신화에 버금가는 권능을 가질 수도 있을지도 모른다.'

미하일이 자신에게 건 봉인은 자칫 잘못하면 자아를 잃을 수도 있어 아주 위험한 것이다. 나 또한 스스로에게 봉인을 한 경험이 있어 누구보다 잘 안다.

그런 위험을 감수한 것도 혈정을 이용해 가질 수 있는 힘이 그만큼 크기 때문이다.

'될 것도 같으니 미하일이 남겨 놓은 혈정을 좀 더 살펴보도록 하자.'

미하일의 성장이 늦어져 자아가 아주 미약하지만 혈정은 자아를 가진 존재다. 내가 가졌던 것이라 파장을 정확하게 기억하기에 잘하면 혈정을 컨트롤할 수 있을 것 같다.

'한 번 시도해 보자. 미하일의 행보도 파악을 해야 하니 마음을 둘로 나누어야겠군.'

기감을 이용해 마음을 둘로 나누었다.

하나는 동굴을 봉인한 미하일의 뒤를 따르고, 다른 하나는 철문에 깃들어 있는 혈정의 파장에 접속했다.

강철 방패처럼 내 의지가 접근하는 경로를 남김없이 차단하고, 빠르게 지워 나가는 것을 보면 자아의 미숙함이 전혀 느껴지지 않는다.

'상당하군.'

미하일의 의지가 깃들어 있어 자아에 강력한 각인이 새겨진 혈정에 접속하는 것은 쉬운 일이 아니었다.

자아의 성장은 미흡하지만, 주인의 의지가 깃들어 있는 터라 강력한 방화벽이 구축되어 접속 자체가 까다로웠다.

'아예 길을 하나 내는 편이 나을 것 같다.'

IT시스템이 개발될 경우, 정보기관에서는 사용자 모르게 시스템을 파고들 수 있는 백 도어를 요구한다. 관리와 통제가 목적이다.

나 또한 그렇게 하려고 한다. 혈정에 접속해 백 도어를 만들고 미하일 모르게 통제하려는 것이다.

콰—직!

첫 번째 방어선을 무너트렸다.

콰지지지직!

이어 차례차례 열두 개의 방어선을 모두 무너트리고, 혈정의 자아에 접속했다.

'어린 아이 같군.'

의지를 가진 자아의 형태는 어린 아이와 닮아 있었다. 정신체라 형체가 있는 것이 아니었지만 아주 여리고 연약했다.

'어린 아이와 같지만 순순한 광기는 아주 무섭군.'

피에서 태어난 존재라서 그런지 단순하면서도 순수했지만 안에 잠재되어 있는 피의 광기는 아주 무서울 정도로 거칠었다.

'내가 가지고 있던 혈정은 아마도 다른 과정을 한 번 더 거쳤을 것이다. 가지고 있던 동안에 광기라고는 전혀 보이지 않았으니까. 남겨진 일부가 이 정도인데 미하일이 가진 본체라면 엄청나겠군. 이 정도라면 미하일이 통제하기가 쉽지 않을 텐데 이상하군. 일단은 순화를 시켜보자. 이대로라면 통제가 되지 않을 테니까.'

생각과는 달리 통제하기가 쉽지 않아 보였다. 내재되어 있는 피의 광기 때문이다. 일단 순화를 시켜야 뭔가를 해볼 수 있을 것 같았다.

— 일어나라.

의지를 일으켜 웅크리고 있던 아이를 깨웠다.

— 누구?

— 나는 네 주인이다.

— 주인? 넌 내 주인이 아니야.

— 이제부터 내가 너의 주인이다.

— 누구도 내 주인이 될 수 없어!

화르르르르르!

'역시, 미하일도 혈정의 의지를 통제하지 못하고 있었군. 그저 주변의 힘만 빌려다가 쓰는 정도가 다였어.'

화염처럼 피어오르는 피의 광기가 아주 약간이나마 내 정신을 흔들리게 할 정도다.

아주 순수한 피의 광기였기에 미하일이 통제하지 못할지도 모른다는 내 예상이 맞았다.

'그나저나 재미있는 녀석이군. 내 힘을 알면서도 광기를 드러내다니 말이야.'

내게 종속되어 있다고는 하지만 마나 마스터의 뜻에 따라 만들어진 존재가 젠이다.

나에게 적대적이라면 거의 반신에 가까운 자아를 가지고 있어 상당한 위협이 될 수 있는 존재이기까지 하다.

그러나 그런 젠이라 할지라도 정신체인 상태에서는 마음만 먹는다면 단숨에 제압할 수 있기에 녀석의 위협이 가소로워 보였다.

인과율 시스템에 직접 접속할 수 있는 것은 권능만 있다고 되는 것이 아니다. 초월자를 능가할 정도로 강력한 정신력이 수반되어야 가능한 일이다.

지금 나에게 적대적인 반응을 보이고 있는 혈정은 본체도 아니고 가피에 지나지 않는다. 녀석의 기세는 나에게 그다지 위협을 주지 못했다.

'분석이 끝났으니 이제 뽑아내기만 하면 된다.'

살펴본 결과 저 광기라는 것도 사기에 지나지 않는다.

피의 제의에 희생된 영혼들이 남긴 한과 원망이 뒤섞여 있는 사기 말이다.

마나 마스터들이 남긴 에너지를 꺼냈다.

스르르르.

에테르 형태의 에너지가 녀석의 정신체를 순식간에 감쌌다.

— *웁! 웁!*

녀석을 구속한 채 피의 광기를 뽑아냈다. 탁한 빛을 흘리는 검붉은 기운을 뽑아내 부숴 버렸다.

— *키이이이익!*

날카로운 비명과 함께 소멸되는 사기를 느끼며 녀석의 모습을 살폈다.

녀석에게서 흘러나오던 약간 탁했던 붉은 빛이 보석처럼 빛나며 영롱하게 반짝거렸다.

'내가 가지고 있던 혈정도 어쩌면 이런 식으로 정화를 거쳤는지 모른다. 본체인 혈정을 순수한 힘으로 남게 만들 정도면 최소한 신화에 가까운 권능을 지녀야 가능한 일인데, 누군지 궁금하군.'

누가 정화를 시켰는지 궁금하다. 하지만 할아버지가 계시면 모를까, 궁금해 봤자 알 수 없는 일이다.

녀석의 정신체를 감싸고 있는 에테르를 풀었다.

— *내가 너의 주인임을 인정하느냐?*

— *당신이 제 주인입니다.*

아주 순순히 내 종속임을 인정한다. 젠에게 마스터라고 부른 것과는 달리 이 아이에게는 주인으로 남을 생각이다. 아직은 완전히 내 종속이라고 할 수 없으니 말이다.

그래서 한 가지 안배를 하려고 한다. 완전하게 내 종속으로 만들고, 내게 악의를 가지고 있는 미하일의 뒤통수를 치기 위해서 말이다.

— *이제부터 네가 가진 힘을 키울 테니 가피가 아니라 진체로 다시 태어나도록 해라. 진체로 거듭난 후에 네가 무엇을 해야 하는지는 스스로 알 수 있을 것이다.*

— *예, 주인님.*

녀석에게 에테르를 주입했다.

마나 마스터들이 남긴 에테르 중에 이 녀석과 성향이 가장 잘 맞는 것으로 골랐다.

에테르를 주입하자 녀석이 성장하는 것이 느껴진다. 진체로 거듭나게 되면 대략 15세 수준의 인지 능력을 가지게 될 것이고, 제대로 된 정신체로 각성할 것이다.

'이름은 때가 되기 전까지는 주지 않는 것이 좋다.'

정신체가 이름을 받는 다는 것은 오롯이 존재하게 된다는 것을 의미한다.

미하일이 가지고 있는 혈정의 본체라면 서로 마주했을 때 바로 알 수 있을 것이고, 그로 인해 파탄이 일어날 것이기에 주지 않는 것이다.

녀석의 몸이 점점 실체를 가지기 시작한다.

'보기와는 달리 여성체였군.'

혈정의 자아는 소녀의 모습을 하고 있었다. 그리고 그 소녀는 무척이나 아름다웠다.

의식을 확장시키는 것과 동시에 인과율 시스템과 접속해 본질에 대한 의식을 가지게 했다.

본체가 따로 있지만 지금부터 분기하기 시작해 천천히 변할 것이기에 새로운 존재로 거듭날 것이다.

'문제는 저 아이가 본체를 잡아먹을 수 있느냐 하는 것인데. 내가 도와준다면 문제는 없을 것이고…….'

이 아이가 머물고 있는 곳으로 미하일이 와서 봉인을 열게 되면 자연스럽게 본체와 접촉이 일어날 것이다. 세계를 움직일 수 있는 마나 마스터의 에테르를 가지고 있으니 본체를 집어삼키는 데는 문제가 없을 것이다.

— 너에게 맡길 테니 자리를 잡으면 연락을 하도록 해라.

— 알겠습니다. 주인님.

— 나는 이만 가보겠다.

혈정의 자아와 접속을 끊었다. 아이로부터 확연히 멀어지는 것을 느끼며 의식을 환기시켰다.

— 젠.

— 예, 마스터.

— 그 아이를 봤지.

— 연결은 해두었습니다.

— 네 딸이나 마찬가지인 아이니 주의 깊게 잘 지켜봐.

— 본성에 파탄이 나지 않도록 주의를 기울이겠습니다.

— 좋아. 그리고 내 몸에 담겨진 씨앗은 어떻지?

— 에테르도 충분하고, 한 번 가지고 계셨던 것이라 순조롭게 성장을 할 것입니다.

아이를 성장시키며 가지고 있던 근원을 카피해 브리턴에서 사라져 버렸던 것을 다시 생성해 냈다.

치기 같은 생각이지만 할아버지에서 어머니로, 그리고 나에게로 전해진 유품 같은 것이었기 때문이다.

— 회복은 좀 어때?

— 아까 그 아이를 성장시키기 위해서 인과율에 접속하신 덕분에 조금은 빨라졌지만 아직 더 있어야 합니다.

— 알았어. 문제가 있다면 바로 이야기하고.

— 예, 마스터.

— 시간이 얼마나 지났지?

— 해가 떨어진 지 한 시간 정도 지났습니다.

— 그렇게 시간이 지났나. 연미에게 가봐야겠군. 회복이 되는 대로 바로 연락을 해. 아주 바빠질 테니까 기대하고.

— 알겠습니다.

아이를 성장시키느라 시간이 제법 지나 있었기에 젠과의 연결을 끊었다.

'빨라 가봐야겠다.'

식사 시간이 멀지 않았기에 곧바로 자리에서 일어나 늦지 않게 연미가 있는 숙소로 향했다.

연미의 숙소에 들러 빵과 스튜를 주 메뉴로 저녁을 먹었다. 별다른 대화가 없는 식사였지만 나름 나쁘지 않았다.

식사가 끝나고 차를 한 잔 마시고 싶었지만 연미가 원하지 않아 마실 수가 없었다. 숙소로 돌아가기를 바라는 것 같기에 그냥 돌아올 수밖에 없었다.

연미의 숙소를 나서 도로를 가로지르는 동안 내리는 눈이 그렇게 차가울 수 없었다.

"후우, 지겹게도 내리는구나."

기온이 영하 30도로 수시로 내려가는 지역인 시베리아의 눈은 포근함과는 거리가 멀었다. 날리는 눈발이 얼굴에 닿을 때마다 살이 베일 것 같은 한기가 스며들었다.

서둘러 도로를 가로질러 숙소로 돌아온 다음 침대에 앉아 가부좌를 틀었다.

내 안에 들어찬 마나 마스터들의 에테르를 이용해 뭔가를 확인해 보기 위해서다.

하탄이 현실 세계로 보낸 것은 일곱 마나 마스터들의 에테르를 이용해 만들어낸 것이다.

그만한 에너지를 담고, 차원을 넘었다면 상당한 기술이 적용이 되었을 것이기에 확인을 해봐야 했다.

고심에 고심을 거치고 마나 마스터들의 모든 것이 담겨 있는 것이 어째서 제대로 작동하지 못하고 실패하게 되었는지 원인을 찾아야 한다.

뭔가가 개입하지 않았다면 하탄의 계획이 실패할 수 없는 일이었으니 말이다. 무엇보다 시간이 없을 가능성이 높기 때문이기도 했다.

— 젠.

— 예, 마스터.

— 미하일이 그 아이를 이용해 봉인을 할 때 퍼진 파장 정도는 어땠어?

— 마스터께서 에테르들을 얻으실 때보다는 못하지만 상당히 큰 파장이었습니다.

— 그렇다면 이면 조직들이 감지를 했을 가능성이 높겠군.

— 맞습니다. 분명히 감지됐을 겁니다.

— 그렇다면 지금쯤 난리가 났겠군.

— 그럴 겁니다. 차원을 뒤흔들 만한 에너지들이 나타났으니 능력자들의 관심이 집중되었을 겁니다.

브리턴에서도 차원 균열에 민감한 반응을 보였다. 황제의 숙부이자 황실 마탑주인 베토스가 균열이 일어나자마자 득달같이 달려올 정도로 말이다.

여기서도 마찬가지다. 스팟과 게이트가 활성화된 상태라 차원에 영향을 미치는 파장의 경우 민감하게 반응을 한다.

블리자드의 권역이라고는 하지만 세계 각지에 있는 이면 조직에서 가만히 있을 리가 없었다.

특히나 초월자들은 머지않아 이곳으로 올 것이 분명했다.

— 그러면 차원 간에는 어떻지?

— 마스터께서 일곱 세계의 코어를 담당하고 계시니 아무래도 영향이 있을 겁니다.

— 나와 연결이 된 차원 전체에 알려졌다는 소리로군.

— 그렇습니다.

— 그런데 어째서 일곱 개지? 새로 연결이 된 것도 두 개나 더 있는데 말이야.

— 새로 연결된 두 세계는 제가 인지할 수 있는 범위를 벗어난 곳들입니다.

— 범위를 벗어났다니 무슨 말이지?

— 아무래도 그쪽의 인과율 시스템이 저를 정확하게 인지하고 있는 것이 분명합니다. 접속을 해보려고 해도 곧바로 차단을 당하니 말입니다.

— 무슨 말인지 알았어. 젠의 예상대로 정확히 인지하지 않으면 그런 일은 없을 테니까.

젠은 반신에 가까운 자아를 지녔다. 세계를 움직이는 일에 직접 개입하지 않는 이상, 인과율 시스템이라도 다른 세계를 살펴보는 데는 방해가 되지 않는다.

더군다나 나와 연결된 세계이니 아주 간단하게 살펴볼 수가 있어야 하는 것이 정상이다.

처음부터 막힌다는 것은 젠의 말처럼 인과율 시스템이 젠을 특정할 수 있을 때뿐이었다.

'엘리멘탈들이 관여되어 있을 확률이 아주 높으니 이건 내가 직접 알아봐야겠군. 내가 그녀들을 만난 세계가 브리턴이 아니라 새롭게 연결된 세계일 가능성이 높으니 말이야.'

마나 마스터들의 에테르를 얻으며 새롭게 두 세계가 연결이 될 때 들려왔던 엘리멘탈들의 의지대로라면 진입하는 데는 문제가 될 것이 없을 것이기에 한번 살펴보기로 했다.

— 젠, 두 세계는 내가 살펴볼 테니까 회복하는 데 집중을 해줘. 정말 시간이 없을지도 모르니까 말이야.

— 알겠습니다. 최대한 서둘러 보겠습니다.

— 그럼 젠만 믿고 넘어가 볼게. 이곳을 부탁해.

— 알겠습니다, 마스터.

젠과의 연결을 끊고 천곤에 집중을 했다. 새롭게 연결된 두 세계로 넘어가기 위해서다.

번쩍!

손목이 근질거리는 것과 동시에 눈앞에 환한 빛이 피어났다. 다른 세계로 넘어간 것이다.

골든 게이트의 정보 공개로 게이트 너머에 유사 인류가 있다는 것이 밝혀진 이후, 새로운 외계 문명과의 조우로 인해 이면 조직들은 매우 흥분했다.

그동안은 몬스터를 사냥해서 에테르를 얻거나 지하에 있는 자원을 개발하는 것이 전부였는데, 새로운 문명을 통해 뭔가를 얻을 수 있지 않겠냐는 생각에서였다.

이면 조직들은 그동안 자신들이 관리하고 있던 게이트를 집중적으로 조사했다.

그러나 중세 시대와 비슷한 환경을 가진 게이트 너머의 세계는 절대 만만하게 볼 수 있는 곳이 아니었다.

과학이 그리 발달하지는 않았지만 절대 만만히 볼 전력이 아니었던 것이다.

그도 그럴 것이 어느 정도 경지에 이른 기사들이나 마법사들의 경우 이면 조직들이 보유하고 있는 특급 능력자와 비슷하거나 뛰어넘는 능력을 가지고 있었다.

고위급에 이르는 자들은 이면 조직들의 히든카드라고 할 수 있는 초월자와 비슷한 전력을 가지고 있었다.

그뿐만이 아니었다. 정점에 이른 자들은 가히 신화에 버금가는 능력을 지니고 있었다.

특별한 능력을 가진 이들이 뭉친 이면 조직들이었지만 이런 이유 때문에 섣불리 게이트 너머의 세계에 진입을 할 수가 없었다.

그리고 게이트 너머의 유사 인류들은 이면 조직의 능력자들은 아주 쉽게 구분할 수 있었고, 밝혀지는 순간 곧바로 붙잡혀 버렸다.

그 때문에 몇 번의 전투가 있었지만 대부분의 조직들이 참담한 패배를 겪어야 했다.

게이트 너머의 능력자들은 현실 세계보다 뛰어난 에테르 사용법을 익히고 있었고, 숫자 또한 압도적이었기에 승리한다는 것은 불가능한 일이었다.

어떻게 그런 많은 수의 능력자들이 존재하는지에 대해서 이면 조직들은 의아하지 않을 수 없었다.

이면 조직이 보유한 능력자들은 대부분 선천적으로 얻은 것이거나, 후천적이더라도 막대한 대가를 치르고 능력이 생긴 이들이었기 때문이었다.

그 때문에 이면 조직들은 공포에 질려야 했다. 막강한 전력의 유사 인류들이 게이트를 넘어올 경우 현실 세계는 그들에게 점령을 당할 것이 빤했기 때문이다.

이면 조직들은 뒤로 물러서 게이트 너머의 유사 인류들을 조사하기 시작했다. 그리고 몇 가지 사실이 밝혀졌다.

그중 가장 다행스러운 것은 유사 인류들은 게이트를 넘어올 수가 없다는 사실이었다.

이런 사실이 밝혀진 것은 유사 인류들이 가진 능력의 비밀을 파헤치기 위해 벌어진 일 때문이었다.

이면 조직들은 많은 수의 특급 능력자를 희생시키면서 기사와 마법사라 불리는 이들을 납치했다. 유사 인류가 가진 능력의 비밀을 파헤치기 위해서였다.

현실 세계에서는 워낙 빈번하게 벌어지는 일이라 아무 거리낌 없이 행해졌다.

그러나 뜻을 이룰 수가 없었다. 게이트를 넘는 순간 납치한 이들의 몸에서 빛이 뿜어지면서 소멸되어 버렸기 때문이었다.

뜻을 이룰 수는 없었지만 게이트 너머의 유사 인류가 현실 세계로 넘어오지 못한다는 사실에 이면 조직들은 여유가 생겼다. 시간을 두고 비밀을 파헤칠 수 있었기 때문이었다.

오랜 시간 조사를 통해 비밀을 알 수 있었지만, 너무도 허망한 결과였다.

이면 조직들이 세상의 이면에 숨겨져 있는 현실 세계와는 달리 게이트 너머의 세계에서는 능력자들이 모두 공개되어 있었던 것이다.

물론 그들이 능력을 얻은 방법 또한 공개되어 있었다.

대부분이 선천적으로 타고나는 현실 세계와는 달리 게이트 너머에서는 학습을 통해 능력을 신장시키고 있었다.

전부는 아니지만 이면 세계의 주민들은 적성에 맞기만 한다면 학습을 통해 능력을 배울 수 있었다.

비전이라는 것들은 현실 세계의 무공처럼 비밀리에 전승되고 있었지만, 특급에 준하는 능력자를 양성할 수 있는 방법은 공개되어 있었던 것이다.

학습을 통해 빠르게 능력을 성장시킬 수 있다는 사실에 이면 조직들은 눈에 불을 켰다.

유사 인류들이 가지고 있다는 마나 컨트롤과 마법서를 가질 수만 있다면 전력이 기하급수적으로 상승할 수 있다는 사실 때문이었다.

유사 인류의 능력자들을 데리고 현실 세계로 넘어올 수 없으니, 그동안 게이트 너머에 머물며 이면 조직들은 많은 노력을 해왔다.

몇몇 조직은 게이트 너머의 유사 인류와 교역을 진행하기도 했고, 몇몇은 전력을 전부 투입시켜 성들을 점령하기는 했지만, 이면 조직들이 얻는 것은 거의 없었다.

이면 조직의 인물들이 다른 세계에서 왔다는 사실에 누구나

할 것 없이 능력을 얻는 방법에 대해 함구를 했기 때문이었다.

죽음으로 위협도 해보고, 고문도 해 보았지만 누구 하나 입을 여는 이가 없었다.

그러던 와중에 일이 벌어졌다.

게이트를 탐색하는 이들이 이면 조직을 일제히 이탈해 버린 것이었다.

이미 교감이 이루어졌는지 한날한시에 게이트를 탐색하는 이들이 자신들이 속한 이면 조직을 떠나 하나로 뭉쳤다.

이면 조직들은 응징을 결정했고, 능력자들을 파견했지만 결과는 신통치 않았다. 새롭게 뭉친 이들의 전력이 만만치 않았던 것이다. 오히려 막대한 피해를 입고 물러나야만 했다.

에테르를 축적할 수 없었던 이들이라 일회용이나 다름없던 이들이 이제는 능력자가 되어 있었던 것이다.

에테르 축적이 되지 않아 스팟이나 게이트 내부에서만 능력을 드러낼 수 있었던 이들이지만, 경험만큼은 특급 능력자들을 상회하던 이들이었다.

그들이 에테르 축적이 가능해 현실 세계에서도 지속적으로 능력을 발휘하게 되자 이면 조직이 밀려 버린 것이다.

이면 조직에게는 큰 충격으로 다가왔다.

세계 곳곳에 새로운 이면 조직들이 생겨난 것이나 다름없는 상황이었고, 더군다나 연합으로 뭉쳐져 있어 어떤 조직도 함부로 대할 수 없게 되어 버린 것이다.

지난 1년 동안 게이트 너머의 유사 인류에게 신경을 쓰지 못할 만큼 이것 때문에 이면 세계가 시끄러웠다.

몇 번의 충돌이 있었고, 화해와 조정을 거쳐 양립할 수 있는 길이 열리기는 했지만 아직은 앙금이 남아 있는 상태였다.

오랜 세월 동안 암암리에 세상을 지배해 온 이면 조직들로서는 노예들의 반란을 그저 두고 볼 수만은 없는 것이었다.

십자동맹이 오랜만에 총회를 소집했다.

개별적으로 상대하는 것에 한계를 느낀 이면 조직들이 실제적인 연합을 구축하여 새로 생긴 조직들을 어떻게 처리할 것인지 논의하기 위해서였다.

골든 게이트에서 주최한 이후 아주 오랜만의 총회였다.

십자동맹이 열리는 총회장은 간만에 아시아에 마련이 되었다. 능력자의 수만으로는 세계 최고라고 할 수 있는 중국의 상하이에 이면 조직의 수장들이 몰려들고 있었다.

구룡반도 안에 있는 샹그릴라 호텔은 오늘 일반인을 받지 않고 있었다. 십자동맹이 개최되는 날은 오늘이지만, 이미 한 달 전부터 일반 손님을 제한했다. 이면 조직의 수장들이 최종 결론을 내리는 총회에 앞서 실무자들이 한 달 전부터 호텔을 전세내고 있었기 때문이다.

호텔 대연회장에는 이면 조직의 수장들을 위한 자리가 마련되어 있었다. 좌석의 수는 정확하게 88석으로, 100명 이상의 능력자들을 거느린 조직의 수와 맞았다.

한 달 전까지만 하더라도 비밀리에 진행되던 연합 전선 구축이 공개로 전환된 것은 다름이 아니었다.

빠져나간 이들 중에 실시간으로 인간의 의식을 읽을 수 있는 이가 있고, 무림맹의 장로 중 하나가 그에게 의식이 읽혔다는 사실이 알려졌기 때문이다.

즉, 더 이상 비밀이 아니게 되어 버렸다. 기밀에 속하는 정보를 제외하고 연합을 형성에 공동전선을 펴기로 한 것은 이미 알려졌기에 숨어서 논의를 할 필요가 없어졌던 것이다.

상하이에서 총회가 열리는 것도 이 때문이었다. 새롭게 생긴 조직들의 공격이 있을 것으로 예상이 되는 까닭에 무림맹에서 책임을 지기로 한 것이다.

능력자들끼리의 격돌로 엄청난 피해가 발생할 것은 보지 않아도 분명한 사실이었고, 정보 보안에 실패한 무림맹에서 책임을 지기로 했다.

이번 총회에 무림맹은 전력을 기울었다.

무림맹의 근간이 되는 십대가문이 주축이 되어 경비를 서고 있고, 장로들은 제외한 특급 능력자들 수천 명이 샹그릴라 호텔을 중심으로 천라지망을 펼친 채 경호를 하고 있었다.

결계와 마법진, 또 그 안에 진법이 설치되어 보호되고 있는 총회장에 이면 조직들의 수장이 하나둘 나타나고 있었다. 나타나는 이들은 모두 문을 통해서가 아닌 텔레포트를 이용해 참석하고 있었다.

총회장은 참석자들에게 배포된 인식 좌표가 아니면 절대 출입할 수 없는 공간이 되어버렸기 때문이었다.

골든 게이트의 케인 더글라스, 나이트 크로스의 앤트, 무림맹의 허창화, 블리자드의 이반까지 세계 4대 조직의 수장을 비롯해 중견 이면 조직의 수장들까지 시간에 맞춰 총회장으로 이동을 해왔다.

십자동맹이 열릴 때면 이면 조직들 간의 우의를 다지는 것이 제일 먼저여서 화기애애한 분위기였다면, 오늘만은 달랐다.

다들 굳은 안색으로 자신에게 배정된 좌석에 착석을 한 채 다른 이들이 도착하기만 기다리고 있었다.

일본의 두 번째 이면 조직인 화화단의 수장을 끝으로 모두 도착하자 장내가 침묵에 잠겼다.

팟!

불이 꺼지고 좌석의 한가운데만 조명이 비쳤다.

— 보잘 것 없는 제 제안에 응해 이 자리에 참석해 주신 여러 분께 진심으로 감사의 말씀을 드립니다.

방송 음향이 울려 퍼지는 가운데, 중앙이 비워져 있던 수장들이 앉아 있는 좌석들엔 어느새 홀로그램이 비치고 있었다.

홀로그램을 통해 말하고 있는 이는 골든 게이트의 상임위원이자 전 세계를 장악하다시피 한 미디어 통신 재벌의 수장인 헬렌 라보드였다.

헬렌은 지금의 차분한 어조로 상황을 보고하기 시작했고, 이미 그녀의 등장을 짐작한 듯 앉아 있는 이들은 말없이 경청하기 시작했다.

— ***여러분도 알다시피 게이트 너머를 탐사하는 각 조직의 전위들이 반란을 일으켰습니다. 각 조직들이 이합집산하며 게이트 탐사에 도움을 받으면서 서로 협력 관계를 맺어왔던 때문인지, 전위 조직 간에는 나름대로의 연계가 있었던 것으로 보입니다. 처음 연합을 주장한 이는 죄송스럽게도 저희 골든 게이트의 전위 조직인 테라 나인의 팀장들로 파악이 됐습니다. 이들 세 팀장은 게이트 내에서 만큼은 특급 능력자를 상회하는 능력을 보이는 이들입니다. 이들은 게이트의 변화가 된 직후 탐색에 투입이 되었고, 탐색이 끝난 후 돌아온 뒤 전위 조직의 팀장들을 설득하여 연합을 구축하였습니다.***

"도대체 어떤 식으로 연합을 구축했다는 것이오?"

이번 총회를 주관하는 무림맹의 맹주 허창화가 모든 이들을 대표해 물었다.

각 조직의 전위들은 철저하게 감시를 받고 있는 자들이다. 그런 이들이 조직 모르게 연합을 구축했다는 것이 아직도 믿어지지 않아서였다.

— ***지금까지 파악한 바로는 테라 나인의 감마 팀장인 유리안이 텔레파시를 이용해 연합을 주도한 것이 확인이 되었습니다.***

"텔레파시를 이용해 전 세계 이면 조직들의 전위들을 설득했다는 이야기요?"

— ***그렇습니다.***

"우리가 일개미라 부르는 전위 조직의 인원들만 해도 3만 명이 넘어가는 인원이요. 그런 이들을 텔레파시로 설득하고, 정보가 새지 않게 했다면 막대한 양의 에테르가 필요할 텐데, 그건 초월자라도 불가능한 일이오. 그렇다면 전위들이 에테르를 축적할 수 있게 된 것과 연관이 있는 것이오?"

— ***저희 위원들은 그렇다고 판단하고 있습니다. 여러분도 아시다시피 전위를 이루는 일개미들은 현실 세계에서 에테르를 축적할 수 없습니다. 우리가 그렇게 만들었으니 여러분들이 누구보다 그 사실을 잘 아실 겁니다. 명확하게 확인이 된 것은 아니지만 전위를 이루는 일개미들이 에테르를 축적하는 방법은 지금까지의 방식과는 전혀 다릅니다. 또한 골든 게이트의 분석 팀의 판단으로는 에테르를 축적할 수 있을 뿐만 아니라, 연계까지 가능한 것으로 보입니다.***

"그러니까, 일개미들이 서로 연계해서 에테르를 사용할 수 있다는 말이오?"

— ***그렇습니다. 연계가 가능할 뿐만 아니라, 익히게 되면 배신의 가능성이 철저하게 차단이 되는 것 같습니다. 화면을 봐 주시기 바랍니다.***

헬린의 말과 함께 홀로그램이 바뀌고, 결박이 되어 의자에 앉아 있는 사람의 모습이 나타났다.

— ***이자는 골든 게이트의 전위 중 하나로, 특급 능력자 셋의***

희생으로 붙잡을 수 있었습니다. 우리는 그에게서 정보를 캐내기 위해 자백제를 투여하는 것과 함께 세 가지 정신 마법을 걸었습니다. 그가 일개미들의 연합을 말하려는 순간, 보유하고 있던 에테르가 폭발하고 주변을 초토화시켰습니다. 스스로의 의지로는 아무것도 할 수 없는 상태였는데도 말입니다.

설명이 끝나자 홀로그램에 나타난 자가 폭발하며 화면이 정지되더니 다시 헬렌이 나타났다.

"그러니까 다른 자가 잡힌 자의 에테르를 폭발시켰다는 말이오?"

— 그렇습니다. 방금 전에 화면에서 폭발한 자가 있던 곳은 골든 게이트에서도 가장 심처로 통하는 지하 감옥입니다. 세상과 완전히 차단된 곳으로 외부로부터는 그 어떤 연락도 할 수 없는 곳입니다. 하지만 누군가에 의해 폭발이 일어났고, 지하 감옥 전체가 폐허로 변했습니다. 차원의 틈을 이용해 격리해 놓은 곳이 아니었다면 아무리 저라고 해도 이 자리에서 여러분을 뵐 수는 없었을 겁니다.

"골든 게이트의 지하 감옥을 전부 폐허로 만들어 버리다니, 놀라운 일이오. 그곳은 신조차 가둘 수 있다고 알려진 곳인데 말이오."

— 그렇습니다. 골든 게이트의 지하 감옥은 신조차 가둘 수 있는 곳이긴 하지요.

"그런데 저 폭발로 어떻게 전위의 일개미들이 가진 에테르가 연계되었다는 추론이 나오는 것이오?"

— ***방금 말씀드렸다시피 지하 감옥은 세상과 완전히 격리된 곳입니다. 지금까지 파악한 바로는 지하 감옥은 일개미들이 가진 에테르로는 절대 폐허로 만들 수 있는 곳이 아닙니다.***

"사실이오?"

— ***사실입니다. 잡고 나서 측정을 해봤지만 특급 능력자를 약간 상회하는 능력을 가진 자였습니다. 그자 혼자서는 절대 만들어낼 수 있는 일이 아닙니다. 그리고 에너지 총량을 계산한 결과 일개미들이 에테르를 모두 모아야 화면에서 보셨던 일이 가능하다는 것이 저희들의 판단입니다.***

"모든 것을 뛰어넘어 서로 연계가 가능하다는 말이군."

— ***맞습니다.***

"에테르를 축적하는 방법에 대해서는 찾아낸 것이 있소?"

— ***그동안 진행된 전투를 다각도로 관찰한 결과 게이트 너머의 유사 인류처럼 배우는 것은 아닌 것 같습니다.***

"저들이 게이트 너머에서 배워 왔다고 판단하고 있었는데, 아니라는 말이오?"

— ***그렇습니다. 분석 팀의 판단으로는 각인 내지는 카피를 통해 에테르 축적 방법이 텔레파시로 접속한 이에게 자동적으로 전해지는 것이 분명합니다.***

"정말 놀라운 일이 아닐 수 없소. 그런 방법이라니 말이오. 그런데 혹시나 유리안이라는 자가 그런 방법을 어떻게 안 것인지 파악이 된 것이 있소?"

— 알아낸 것이 아무것도 없습니다. 혹시나 해서 알아봤지만 게이트 너머에도 그런 방법은 존재하지 않는다고 합니다.

"게이트 너머에 우리가 우려할 만한 다른 세력이 있다는 뜻이오?"

— 네, 이런 종류의 에테르 축적 방법은 초유의 일입니다. 이 정도의 맵이라면 절대 개인이 만들어 낼 수 없는 만큼 브리턴 모르게 암약하는 조직이 있는 것 같습니다.

"골치 아픈 상황이로군."

— 그렇습니다. 일개미들을 일거에 특급 능력자 이상으로 만드는 방법이라면 그동안의 질서는 아무 소용이 없습니다. 여러분도 알다시피 이제 일개미들은 누구도 무시할 수 없는 조직으로 거듭났으니 말입니다. 더군다나 그들의 배후에 알지 못하는 게이트 너머의 조직이 관여하고 있고 말입니다.

"당신과 다른 위원들의 생각은 뭐요? 지금까지의 설명이라면 총회의 목적에 반하는 것 같은데 말이오."

— 지금은 일개미들과 부딪칠 시기가 아니라는 것이 위원들의 판단입니다. 봉인을 푼다면 일개미들이야 언제든지 처리가 가능하지만 배후를 모르는 이상 섣불리 덤빌 일이 아닙니다.

"무슨 말인지 알겠소."

헬렌과 대화를 끝낸 무림맹주가 좌석을 돌아보았다.

"공통된 질문은 이것으로 마치고 여러분 각자의 의견을 들어

봤으면 하는데, 말씀하실 분은 말씀하시기 바랍니다."

제일 먼저 나선 것은 나이트 크로스의 앤트였다.

유럽 전역에서 벌어진 전위 조직과의 싸움에서 상당한 피해를 입었기에 헬렌의 말에 공감하고 있었다.

나이트 크로스로서는 일개미들과의 전쟁이 축차소모전이나 다름없는 상황이기 때문이었다.

나이트 크로스는 유럽의 수장이나 마찬가지인 터라 다른 조직들도 전쟁에 참여할 수밖에 없었고, 마찬가지로 막대한 피해를 입고 있는 상황이다.

한 번 경험을 한 터라 배후도 모르면서 일개미들은 상대한다는 것은 자칫 섶을 지고 불속으로 뛰어드는 일이었다.

더군다나 지금까지 살펴본 바로는 일개미들은 전쟁을 바라지 않았다. 대화로도 풀어나갈 수 있을 것이라는 생각에 휴전을 제안하고 관망하던 앤트였다.

한숨을 돌린 후 피해를 회복하기 위해 절치부심했던 나이트 크로스는 연합 전선 형성에 깊이 관여하지 않았었다.

더 위험한 상황에 놓일 것을 우려했기 때문이었다.

"어디까지 생각하는 것이오?"

— ***어디까지라니? 질문의 의도를 모르겠습니다.***

"여기 계시는 여러분도 알다시피 유럽 쪽은 정말 많은 피해를 입었소. 연합 전선을 형성한다고 해도 감당할 수 없을 만큼 그들의 전력이 만만치 않다는 뜻이오. 그럼에도 이렇게 모인 것은 여러분들이나 위원들의 의도를 알고 싶어서요."

— 유럽을 대표하는 나이트 크로스에서 이렇게 몸을 사리다니 믿지 못할 일이군요. 역시 피해를 많이 입었나 보군요.

"그건 우리 사정이고, 질문에 대답이나 하시오."

빈정거리는 헬렌의 말에 앤트가 노성이 깃든 목소리로 재촉했다.

— 노예나 다름없는 자들이니 응징을 해야 하지 않겠습니까?

"응징이라면?"

— 진짜 힘이 뭔지 보여줘야겠지요.

"설마! 그것은……. 봉인을 푸는 것은 아직 전제하지 말아야 할 것이오."

— 호호호, 너무 나가셨군요. 위원회의 결정이 거기까지 가지는 않았으니 안심하세요, 앤트.

"그럼 어떻게 하겠다는 것이오?"

앤트의 물음에 앉아 있는 이들의 시선이 일제히 홀로그램으로 향했다.

여유가 있어 보이는 헬렌의 모습에 어떤 대답이 나올지 다들 기대하는 표정이었다.

— 위원회에서는 여러분들이 고대하시는 것을 확보했습니다.

"검술서나 마법서라도 확보했다는 말이오?"

— 역시 앤트시군요. 그렇습니다. 위원회에서는 각각 다섯 종류의 검술서와 마법서를 확보할 수 있었습니다. 해설서 또한 모

두 확보했고 말입니다. 특히나 우리 세계와는 다른 저들 세계의 독특한 학습 방법까지 모두 확보할 수 있었습니다.

"그것만으로 전위들을 상대할 수 있다는 것이오?"

— 지금 당장은 힘이 들겠지만 앞으로 3년 후면 충분히 상대할 수 있습니다. 봉인을 풀지 않고도 말이죠.

"그 정도로 효율이 좋은 것이요?"

— 백 번 말씀을 드리는 것보다, 한 번 직접 보시죠.

스르르르.

헬렌의 말이 끝남과 동시에 앉아 있던 테이블의 좌석마다 각기 10권의 책이 나타났다. 양장본으로 되어 있는 책들은 꽤나 두꺼워 보였다.

— 위원회에서 확보한 검법서와 마법서의 카피본들입니다. 해설서가 추가되어 꽤 두꺼워 졌군요.

"한 번 살펴보겠소."

— 잠시 시간을 드릴 테니 그러세요. 여러분의 안목이라면 그것들의 가치를 금방 확인하실 수 있을 거예요 .

헬렌의 말에 각 조직의 수장들은 눈앞에 놓인 책들을 펼쳐 살피기 시작했다.

제7 장

페이지를 넘길 때마다 보고 있는 이들의 눈이 점차 커지고 있었다. 놀라움을 넘어 경악에 가까운 눈빛이다.

그렇게 책을 읽고 있는 좌중을 향해 헬렌의 설명이 이어졌다.

— 검법서와 마법서는 각기 다섯 단계로 이루어져 있습니다. 마지막 단계는 게이트 너머에서도 비전에 가까울 만큼 강한 위력을 낼 수 있는 것이지요. 기존의 능력자들은 아주 빠르게 성취를 이룰 수 있을 것이고, 각 조직에서 육성 중인 자들이 익힌다면 적어도 3년 안에 특급 능력자들이 될 수 있을 겁니다. 능력을 사용하기 위한 에테르가 문제가 되겠지만 각 조직이 확보한 스팟이나 게이트라면 충분히 충당할 수 있을 것입니다.

헬렌이 말한 대로였다. 단계가 있는 검법서와 마법서들은 익히기만 한다면 상당한 능력을 얻을 수 있는 것들이었다.

에테르를 어떻게 얻느냐가 관건이겠지만, 헬렌의 말대로 스팟과 게이트를 확보하고 있는 이면 조직들은 충분히 해결할 능력을 가지고 있었다.

"상당한 것들이오. 하지만 다른 이들의 반발을 어떻게 할 생각이오?"

블리자드의 총통인 이반이 물었다. 이 자리에 참석하지 않은 이들에 대한 이야기였다.

— 아, 총회에 참석하지 않은 산하 조직들에 대해서는 여러분의 판단에 맡기겠어요. 위원회에서 드린 것들을 카피하는 것은 간단한 일이니 말이죠.

"산하 조직들에게 공개하는 것을 허용한다는 말이오?"

— 그렇습니다. 위원회에서 확보한 것들이지만 이제 소유권을 넘겼으니 그것들을 어떻게 할 것인지는 관여하지 않을 겁니다. 다만 일개미들을 상대하기 위해서는 상당히 많은 인원이 필요한 만큼 현명하게 판단하실 거라고 믿겠습니다.

"알았소."

선택의 여지가 없는 일이었다.

이면 조직들이 고민하는 이유 중에 하나가 일개미라 부르는 전위들의 숫자가 너무 많기 때문이었다.

하나하나가 특급 능력자를 상회하는 전력을 보유하게 된 그들이었다.

공조를 하던 적대를 하던 그들을 상대하기 위해서는 그만한 수의 인원이 필요한 것은 당연한 일이었다.

— ***다들 동의하시나요?***

"동의하오."

헬렌의 질문에 총회에 모인 대표들이 일제히 대답했다.

— ***동의를 하시니 다음 안건으로 넘어가겠습니다.***

"다음 안건도 있다는 말이오?"

— ***이반 님이 여기에 있는 그 누구보다 잘 아실 텐데 모르신다니 섭섭하군요.***

"무슨 말이오?"

— ***어제 있었던 일을 정말 모르신다는 말입니까?***

"으음."

이반이 신음을 흘렸다.

'총회에서 거론되지 않기를 바랐건만. 역시, 무리였나?'

어제 갑자기 보고된 사항이라 총회에서 언급되지 않을지도 모른다고 생각했는데 위원회에서는 이미 알고 있는 모양이었다.

'위원회에서 알고 있다면 다른 조직에서도 이미 알고 있을 테니 그냥 있도록 하자. 어차피 말릴 수도 없는 일이고. 상황이 상황인 만큼 트러블이 생겨서는 곤란하니까.'

— ***이반 님께서 허락을 해주시는 걸로 알고 말씀을 드리겠습***

니다. 큰 조직에서는 이미 알고 계시겠지만 어제 두 번에 걸쳐 차원의 틈이 벌어지는 현상이 발생했습니다. 위치는 바로 블리자드가 관할하고 있는 시베리아에서였습니다.

이미 알고 있었던 큰 조직들의 수장들과는 달리, 모르고 있었던 조직들은 헬렌의 말로 인해 상황을 파악할 수 있었다.

헬렌의 말대로라면 새로운 스팟과 게이트가 나타났다는 뜻이었다.

— 노스 코리아 이후 20여년 가까이 스팟과 게이트가 생성이 되는 일이 없었다는 것을 여러분도 잘 아실 겁니다. 그러다가 이번에 새로운 스팟과 게이트가 생긴 것이죠. 문제는 각 스팟과 게이트가 이상 현상을 보이는 가운데 나타났다는 겁니다. 문제가 될 소지가 크기에 위원회는 이번 총회에서 합동 조사를 실시하자는 안건을 올리고자 합니다.

자신들의 권역에 들어와 조사를 하겠다는 제안이었다. 새로운 스팟과 게이트의 출현은 블리자드로서도 우려가 되는 상황이었기에 이반은 헬렌의 말에 토를 달지 않았다.

전위들과의 싸움이 있었지만 미리 준비를 하고 있어서 피해를 많이 보지는 않았다. 전력에 누수가 없으니 반대를 해도 되겠지만, 아직은 그럴 때가 아니었다.

"합동 조사단은 어떻게 꾸릴 겁니까?"

— 각 조직에서 추천하는 이들로 구성할 생각입니다. 조사는 십 일 후부터 진행할 예정입니다. 물론 블리자드의 권역 안에서

발생한 일인 만큼 조사의 지휘는 블리자드에서 맡아 주시면 좋겠군요.

홀로그램 안에서 설명을 하고 있던 헬렌이 미소를 지으며 이반을 쳐다보았다.

"알겠소."

— ***블리자드의 총통이신 이반님께서 찬성을 하셨으니 이제 여러분의 결정만 남았군요. 그럼 투표에 붙이도록 하겠습니다. 찬성하시는 분께서는 손을 들어주시기 바랍니다.***

헬렌의 말에 좌석에 앉아 있던 이들이 하나둘 손을 들어올렸다. 사안이 중대한 것을 인식했는지 이반을 제외하고는 들지 않는 자가 없었다.

— ***이것으로 결정이 된 것 같군요. 그럼 조사단을 파견하도록 하겠습니다. 조직 당 한 명뿐이지만 파견할 능력자의 명단을 내일까지 위원회와 블리자드로 보내주시면 되겠습니다.***

장내에 있는 이들의 고개가 일제히 끄덕여졌다.

— ***그럼, 이것으로 총회를 마치겠습니다. 안녕히 가십시오.***

파파파팟!

홀로그램에서 흘러나오는 헬렌의 목소리가 끝나자마자 이면 조직들의 수장들의 모습이 장내에서 사라졌다.

위원회에서 제공한 검법사와 마법서를 챙겨 곧바로 자리를 떠난 것이었다.

홀로그램도 꺼지고, 장내에는 총회를 주관한 허창화 한 사람만 남아 적막감만 맴돌았다.

얼마의 시간이 지나고 난 뒤 무림맹의 인물들이 속속 회의장 안으로 들어왔다.

무림맹을 구성하는 중추인 십대가문의 인물들이었다.

총회의 장소를 제공했던 무림맹은 같은 장소에서 자신들만의 회의를 개최한 것이다.

허창화는 십대가문의 수장들이 자리에 착석하자 회의 내용을 설명해 주었다.

"맹주, 위원회에서는 무슨 생각을 하는 것 같습니까?"

허창화를 향해 남궁가문의 가주인 남궁환이 물었다.

"예상했던 대로 결론이 내려진 상태지만 아직 판단이 서지를 않고 있소. 위원회의 의도 또한 확실히 파악이 되지 않고 있어서 걱정이오."

"위원회에서 내놓은 것들 때문입니까?"

"그렇소."

"하긴, 이런 종류의 능력 전수는 문제가 될 가능성이 많으니 말입니다."

다른 이면 조직들과는 달리 무림맹은 위원회가 내놓은 것들과 비슷한 방식으로 능력을 얻는 이들이 대부분이었다.

무림에서 활약하는 이들은 대대로 전해져 내려온 무공을 바탕으로 수련을 통해 능력을 상승시켜 왔었다.

일정한 능력에 도달하는 데까지 걸리는 시간이 오래 걸렸지만 스팟과 게이트의 출현한 이후로는 아니었다.

에테르라 불리는 내력을 축적하는 시간이 기존의 2할에 지나지 않아 상당한 전력을 구축할 수 있었다.

그리고 다른 이면 조직과는 달리 하급이기는 하지만 내력을 축적하는 심법을 전위들에게도 가르쳤던 터라 이번 사태에 피해도 거의 없었다.

그렇게 다른 이면 조직 촉각에 걸리지 않도록 주의를 기울이며 비밀리에 전력을 상승시켜왔던 무림맹이다.

무림맹을 제외한 거대 이면 조직들이 주도하는 정국을 개선하고 패권을 차지하기 위한 조치였다.

그런데 이번에 위원회의 조치로 다른 조직들도 상당한 전력을 갖출 수 있게 되었다.

"쉽게 생각할 일이 아니오. 이것들은 우리가 가지고 있는 것들보다 더욱 뛰어난 것이오. 그 때문에 아무래도 우리가 추진하고 있는 계획에 문제가 생길 것 같소."

"어떤 면에서 그렇습니까?

"간단히 살펴봤지만 에테르를 이용하는 면에서는 거의 열 배에 가까운 효율을 보이는 것 같소. 위원회의 장담대로 3년 이내에 상당한 전력을 갖추게 될 것이 분명하오."

"우리 계획에 차질이 생기겠군요."

"그렇소. 아무래도 위원회에서 우리의 계획을 어느 정도는 알아차린 것 같소."

"저들이 일개미라 부르는 전위들은 이류무사 정도의 수준을 가진 자들이오. 이제는 일류무사 정도 되는 특급 능력자들이 되었다고는 하지만, 그리 위협이 될 만한 자들은 아니죠. 그럼에도 봉인을 풀지 않는 조건으로 이런 것들을 내놨다면 우리를 견제하기 위한 것이 분명합니다. 효율이 좋다고는 하지만 우리하고는 상성이 맞지 않으니 말입니다."

효율이 엄청 좋아졌다고는 하지만 에테르를 내력으로 변화시켜 무공을 펼치기 위해서는 한 가지 제약이 있다.

순순한 것이 아니기에 변환한 내력의 반 정도는 에테르의 반발을 억제하는 데 써야 한다. 같은 것을 배운다면 다른 조직들에 비해 반 정도의 수준밖에는 안 되는 것이다.

"맞소. 이것들이 우리의 수준을 높여주기도 하겠지만 3년 정도만 지나면 다른 조직의 전력도 평준화될 것이오. 특히나 우리가 우위를 점하고 있던 능력자의 수도 거의 비슷해질 것이고 말이오."

"맹주님의 말씀대로 문제는 문제군요. 하지만 우리에게는 또 다른 패가 있지 않습니까."

"그렇기는 합니다만……."

"중화의 패권을 위한 일입니다. 그때의 수모를 전 잊지 않고 있습니다. 그러니 계획을 멈출 수는 없지 않겠습니까?"

"으음."

허창화가 신음을 삼키자 이번에는 팽가의 가주가 나섰다.

"만주족이 세웠던 청나라가 무너지는 일이기는 했지만 그로 인해 중화의 자존심도 함께 꺾였습니다. 이제야 조금 기를 펴고 있지만 놈들에게 무시를 당하는 것은 예나 지금이나 다름없습니다. 우리가 준비하고 있는 패라면 충분히 패권을 차지할 수 있으니 맹주께서 결정만 내리면 됩니다."

"팽가의 가주께서 그리 말씀하시니 힘이 되는군요. 각 가문의 가주님들의 생각이 변함이 없으시다면 계속 진행을 시켜보겠습니다."

"십대가문은 전폭적으로 지원을 할 테니 힘을 내십시오. 맹주님!"

십대가문의 수장들이 전폭적으로 지지를 보내자 허창화는 마음이 놓였다.

'이리 지지를 보내다니 많이 변했구나. 서로 질시하는 것이 없지 않았는데 이번에 가주들이 깨달은 것이 많은 모양이다.'

십대가문들의 전력은 세상이 생각하는 것과는 달랐다.

짧게는 몇 백 년, 길게는 몇 천 년을 이어온 가문들이다. 그 오랜 세월 동안 중국 대륙에 기반을 다져온 십대가문의 저력은 허창화로서도 짐작이 가지 않을 만큼 넓고 깊었다.

위원회의 강압적인 요구로 상하이에서 총회를 개최하게 된 이후에 십대가문으로서는 자존심을 구겨야 하는 일이 여러 번 발생했다.

서구의 이면 조직들이 은연중에 깔보는 것은 약과였다. 이것

저것 지시를 내리는 것이 하인을 대하는 태도나 다름없었다.

장장 100여 년을 준비해 온 계획을 위해 참고는 있었지만, 십대가문의 수장들의 가슴에 불을 지핀 모양이었다.

'십대가문의 지지를 얻는다면 중화를 세상에 드리우는 데 그리 오래 걸리지 않을 것이다. 이대로라면 우리가 의도한 대로 흘러나갈 테니까 말이다.'

반고와 헌원의 권능을 얻는 일이 구체화되기 시작한 이상, 멈출 수도 없었기에 허창화는 결심을 굳혔다.

"알겠습니다. 여러분과 전대 가주님들의 지지로 맹주의 위에 오른 이상, 기대에 부응하도록 하겠습니다."

화경을 넘어서 현경에 근접한 수준의 무력을 보유했지만 세력이 없던 허창화를 지지해 맹주로 만든 것은 십대가문의 수장들이었다.

맹주 위에 오른 이후 막후에서 조종을 하려는 의도도 없었고, 묵묵히 자신의 정책에 적극적인 지지를 보내주는 십대가문이었기에 믿을 수 있었다.

무엇보다 자신을 아버지처럼 믿고 따르는 제자들이 바로 십대가문의 수장들의 자식들이었다.

다음 대 가주가 다 정해진 터라 자질이 특별한 자식들을 허창화의 제자로 들여 줄 것을 요청할 정도로 십대가문의 수장들은 허창화를 신뢰하고 있었다.

이들이 허창화를 신뢰하고 있는 것에는 이유가 있었다.

지금부터 50여 년 전, 전대의 가주들의 합공에도 불구하고 반 초식만을 사용하고도 승리한 이의 제자가 바로 허창화였기 때문이었다.

전대 가주들은 패배한 직후 허창화의 스승과 모종의 밀담을 나눴고, 지금의 가주들인 소가주들에게 절대적인 명령 하나를 내렸다.

향후 가주가 되면 무림맹을 구성하고, 맹주의 위에 허창화를 추대해 중화를 부흥시키라는 명령이었다.

전대 가주들은 무림맹의 장로원에 틀어박혀 무공에 대한 연구를 하고 있는 중이다. 아직도 가문에 절대적인 영향력을 행사하고 있기에 전폭적으로 허창화를 지지하고 있던 것이다.

무림맹의 수뇌부가 이렇게 결정을 내리는 가운데, 시베리아에 나타난 차원 에너지에 대한 조사를 위한 조치들이 빠르게 취해지고 있었다.

자신들의 근거지로 돌아간 이면 조직들의 수장들은 조직 내에서 가장 유능한 이들을 뽑아 위원회로 추천했다.

십대가문의 수장들과 회동을 마친 허창화는 무림맹으로 돌아와 한 사람을 추천했는데, 제갈가의 차남이자 허창화의 삼제자인 제갈윤이었다.

위원회로 명단을 통보한 허창화는 제갈윤을 자신의 집무실로 불러들였다.

"부르셨습니까? 맹주님."

"그래, 자리에 앉아라."

제갈윤이 자리에 앉자 허창화는 심유한 눈빛으로 제자를 바라보았다.

"이미 이야기는 들었을 줄로 안다."

"새로운 스팟과 게이트가 발견되었다고 들었습니다, 맹주님."

"사적인 자리이니 스승이라 부르도록 해라."

"예, 스승님."

"십자동맹이 의결한 대로 합동으로 조사할 예정이라 너를 파견하기로 했다."

"그렇게 결정하셨다 들었습니다."

"그래, 너도 알고 있는 것처럼 20년 만에 발견된 게이트다. 더군다나 게이트 너머에서 유사 인류가 발견된 탓에 이번 임무가 막중해졌다."

"명심하고 최선을 다해 조사해 보겠습니다."

"이렇게 너를 부른 것은 몇 가지 당부할 것이 있어서다."

"무슨 일이라도 있는 겁니까?"

무림맹에 속해 있는 이에게 임무가 내려질 때는 계통에 따라 이루어진다.

고위층에 지시를 받는 경우도 간혹 있지만 맹주로부터 직접적으로 명령을 받는 일이 없었기에 제갈윤은 긴장할 수밖에 없었다.

"지금까지 파악된 바로는 게이트 너머의 세계는 모두 일곱 개다. 각 조직들이 발견한 게이트는 다른 차원으로 넘어가는 여러 개의 통로 중에 하나일 뿐이고, 결국은 일곱 개의 차원으로만 통한다는 뜻이다. 지난 20년 동안 새로운 스팟이나 게이트가 발견되지 않다가 이번에 발견이 된 것은 많은 의미가 있다."

"많은 의미라 하심은 무슨 뜻입니까?"

"차원 에너지의 파장이 기존의 것들과는 완전히 달랐다. 그리고 에테르의 양도 지금까지 발견된 차원들 중에 최고인 것을 감안할 때 이번에 발견된 스팟이나 게이트가 지금까지와는 전혀 다른 차원으로 가는 통로라고 생각한다."

"분석 팀의 보고는 어떻습니까?"

"별다른 보고는 없었다. 내 감이 그렇다는 것이다."

"스승님께서 그렇게 생각하신다면……."

제갈윤은 스승의 능력을 누구보다 잘 알고 있는 자였다. 무력도 무력이지만 예지에 가까운 감각을 가지고 있었기에 스승의 말이 사실일 거라는 생각이 들었다.

"게이트 너머에서 유사 인류도 나타난 상황이고 보면, 새롭게 나타난 차원도 그럴 가능성이 높아 보이니 누가 선점하느냐가 중요하겠군요."

"그렇다. 에너지 파장이 완전히 다른 것을 보면 지금까지와는 다른 전개가 이루어질 가능성이 매우 높다. 만약 유사 인류를 발견한다면 무리하지 않는 선에서 그들과 접촉을 해보도록 해라. 어쩌면 지금까지와는 다른 결과를 얻을 지도 모른다."

"무슨 말씀인지 알겠습니다."

"그래, 가봐라. 필요한 것은 뭐든지 지원을 받을 수 있을 테니 최대한 준비를 많이 해가도록 하고."

"최선을 다하겠습니다, 스승님."

"그래, 부탁하마."

제갈윤은 인사를 한 후 맹주실을 나섰다. 집결지로 떠나기에 앞서 준비할 것이 많았던 터라 바삐 움직여야 했다.

제갈윤이 떠나고 난 후 허창화는 장로원으로 향했다. 장로원은 십대가문의 전대 가주들과 함께 무림의 원로들이 머물고 있는 곳이었다.

무림맹에서도 최고의 금지에 속하는 장로원에는 결계가 쳐져 있었고, 맹주 이외에는 아무도 출입할 수 없게 되어 있었다.

결계를 넘어선 허창화는 구 층으로 지어진 고색창연한 목조 건물을 볼 수 있었다. 장로들이 머물고 있는 장로원이었다.

9층의 목조건물은 창문은 있었지만 들어가는 문이 없었다. 허창화는 자신의 피를 뿌려 허공에 기이한 수결을 그렸다.

공간이 일그러지며 문이 나타났다. 팔괘와 태극의 문양이 선명한 투명한 문이었다.

허창화는 투명한 문을 그대로 지나쳐 건물 안으로 들어갔다.

허창화는 팔괘와 이원의 자릴 차지하고 가부좌를 틀고 있는 십대가문의 전대 가주들을 볼 수 있었다.

'여전하시구나. 저분들이 세상을 위해 자신의 모든 것을 희생하고 있다는 것을 그 누가 알 것인가?'

자신의 스승이 전한 뜻을 따라 세상을 지키기 위해 모든 것을 내던진 이들이기에 허창화는 마음이 뭉클했다.

울컥한 마음을 다스릴 수 없는 허창화의 의식 속으로 혜광심어가 파고들었다.

— *일이 생겼나 보구나.*

— *때가 된 것 같습니다.*

— *세상을 연결할 통로가 진정으로 열렸다는 뜻이냐?*

— *스승님께서 말씀하신 대로라면 틀림없습니다.*

— *섣불리 생각할 일이 아니다.*

— *윤아를 보내 확인을 시킬 예정입니다.*

— *위원회가 나섰더냐?*

— *그렇습니다. 그들도 뭔가를 알아차린 것 같습니다.*

— *놈들이 알아차렸다니 의외로군.*

— *브리턴에서 얻은 것들을 푼 것을 보면 전부는 아니지만 어느 정도는 감을 잡고 있는 것이 분명합니다.*

— *알아차렸다고 해도 대세에는 영향을 주지 못할 테니 새로 열린 게이트에 집중하도록 해라.*

— *알겠습니다. 그런데 가주들에게는 계속 비밀을 유지하실 생각이십니까?*

— *우리의 자식들이지만 온전히 믿기는 힘든 놈들이다. 지금*

은 우리 때문에 너를 따르고 있지만, 아무리 우리의 자식들이라 고 해도 사람의 마음이라는 것이 절대적으로 믿을 수 있는 것이 아니니 말이다.

— 알겠습니다.

— 최선을 다하도록 해라. 세상을 위해 희생한 네 스승의 유지를 받드는 것은 그뿐이니 말이다. 진인사대천명이라고 했다. 우린 그저 최선을 다하면 되느니라.

— 명심하고 있습니다.

— 믿으마. 이제 그만 가보도록 해라.

— 예.

허창화는 조용히 고개를 숙여 보인 후 장로원을 나섰다.

전대 가주들의 의식은 현재 하나로 통합되어 있는 중이다.

열 개의 몸을 가진 하나의 의식이 인과율을 비트는 존재를 상대하고 있었던 것이다.

세상이 새로 열릴 때까지 십방을 맡아 세계의 축이 비틀리는 것을 막고 있는 전대 가주들이다. 소임이 끝나게 되면 한 줌 먼지로 사라진다는 것을 알고 있음에도 희생을 자처한 이들이기에 마음이 무거웠다.

'반드시 성공할 것입니다. 스승님의 말씀으로는 새로운 세상이 열릴 때 모든 것을 하나로 이을 존재 또한 나타난다고 했으니 말입니다.'

스승의 예언은 한 번도 틀린 적이 없기에 마음을 굳게 먹은 허창화는 집무실을 향해 발걸음을 바삐 놀렸다.

연구실로 돌아가는 차가 거북이 걸음이다. 휴식 기간 동안 쌓인 눈이 아직까지 굳어지지 않아서다.

조심스럽게 눈을 헤치며 운전을 한 탓에 세 시간이 넘게 걸려 연구소에 도착할 수 있었다.

워낙 눈이 많이 내린 탓에 지각을 했지만 종종 있는 일이라 보안 요원들은 평상시와 다름없이 절차를 진행했다.

'오늘 점심은 먹기 힘들겠군. 약간 배가 고프기는 하지만 저녁을 먹을 때까지는 견딜 수 있겠지.'

규정된 시간을 위반하면 식사를 할 수가 없다. 그냥 굶어야 하는 것이다. 나는 괜찮지만 아이를 가진 연미가 걱정이다.

"이쪽으로 오십시오."

생각에 잠겨 있다가 보안 요원은 목소리에 보안장치로 향했다. 전신 스캔이 진행이 되고 각종 검색 장치를 통해 모든 것을 확인했다.

그렇게 보안 규정에 따라 검색을 받은 우리는 입구에 도착한 지 30분 만에 지하로 내려갈 수 있었다.

연구 섹터로 들어온 나는 연미에게 물었다.

"오늘부터 만들 거야?"

"최대한 빨리 만드는 것이 좋을 거 같아서 서두르려고 해."

역시나 연미는 감이 좋다, 우리에게 닥치기 시작한 위험을 느끼는 것을 보니 말이다.

"알았어. 하지만 내가 만든 것과 비교해서 안정성이 더 높은 것으로 결정하는 거다?"

"그래. 알았어."

"좋아. 그럼 최대한 서둘러 봐. 나도 예감이 별로 좋지 않으니까 말이야."

"알았어."

연미가 자신의 실험실로 향한 후 나도 포켓을 만들기 위해 전용 실험실로 향했다.

'새로 만드는 것보다는 강화하는 쪽으로 가닥을 잡자. 그러면 안정성 면에서는 연미가 만드는 것보다 훨씬 높을 테니까.'

이번에 만들어진 샘플은 전에 것과는 달리 통제가 확실하게 되는 것이다. 처음부터 그럴 생각으로 작정하고 만든 것이었으니까 말이다.

하지만 연미에게 어떻게 통제가 되는지 알려줄 수는 없는 상황이다. 연미의 성격상 내가 어떻게 만들어냈는지 알려고 할 것이 분명해서다.

상당히 위험한 일이다. 북조선으로 돌아가기 전에 심문이 이루어질 것이기 때문이다.

그냥 심문하는 것도 아니고 초능력자를 이용할 것이다. 연구소를 드나들 때마다 하고 있는 보안 검사는 그저 연습에 지나지 않을 정도로 철저히 말이다.

심법을 알려준 후 이제 겨우 커튼을 치기 시작하기는 했지만 아직 미숙해 연미가 절대 견뎌낼 성질의 것이 아니다.

샘플을 만들 수 있는 로직까지 알게 되면 의식에 충격을 줄 테고, 변화된 의식은 반드시 놈들의 촉수에 걸려들게 되니 알려줄 수가 없는 것이다.

또 하나는 연미에게 삽입할 경우 문제가 생겨도 조치를 할 방법이 없다는 것이다.

남자라면 자신의 여자를 위험하지 않게 하려는 것이 본성이고 나또한 그렇다. 더군다나 내 아이를 가졌으니 더욱 절대 연미의 신체에는 삽입할 수 없다.

사실을 말하자면 샘플은 포켓에 담기지 않는다. 이미 내 육체와 융합을 하고 있으니 원래는 만들 필요가 없는 것이다.

이렇게 하는 것은 만약의 경우를 대비하기 위해서다. 샘플과 융합한 내 신체의 비밀을 들키지 않기 위해서 말이다.

연미를 믿기는 하지만 포켓이 만들어진다는 사실을 연구소 측도 알아차리게 될 것이 분명한 상황에서 빼앗기게 될 상황을 가정하고 만들고 있는 것이다.

모든 것이 자연스럽게 흘러가기 위해서는 내 몸에 포켓을 심는 것이 더 안전하고 낫다는 것을 연미가 인식해야 한다.

그러기 위해서는 안정성이 높아야 한다. 그렇게 해야 내가 만든 포켓에 샘플이 담길 것이고 연미가 의심을 하지 않을 것이니 말이다.

'그나저나 새로 연결점이 된 세계로 넘어갈 수 없다니 이상한 일이다.'

의지만 가지면 넘어갈 수 있었던 것과는 달리 지금은 불가능했다. 시험 삼아 시도를 해봤지만 다른 연결점들도 게이트 너머의 세계로 넘어갈 수 없는 것은 마찬가지였다.

'젠이 회복을 끝내면 의논하기로 하고 포켓부터 강화하도록 하자.'

회복이 거의 막바지 상태여서 젠과 소통할 수 없는 상황이라 포켓을 만드는 것에 집중하기로 했다.

이미 준비가 끝나 있는 상태라 포켓을 강화했다. 에테르를 사용해 포켓의 형질을 변형시키고, 실드 마법을 새겨 넣었다.

세포 단위에 새겨진 초소형 마법진이 안전할지 확인을 해야 하지만 잘 만들어 진 것 같다.

사용에 앞서 연미의 것과 비교를 해야 하기에 몇 개를 더 만들었다. 정신을 집중해야 하는 터라 저녁 시간이 되었을 무렵에 만들어진 포켓은 모두 세 개밖에는 되지 않았다.

'가보자.'

샘플을 보관 용기에 넣은 후 총괄 실험실로 향했다. 어느새 작업을 끝낸 연미가 나를 기다리고 있었다.

"용기가 좀 큰데?"

"실패할 가능성도 있어서 포켓을 두 개 더 만들었어."

"그렇구나. 한 번 비교해 보자."

연미의 제안에 따라 만들어진 포켓에 대한 실험이 이루어졌다. 각종 실험 수치에서 내가 만든 것이 압도적으로 높았다.

강도와 안정성 면에서는 연미의 것보다 거의 열 배에 가깝게 높을 정도였다.

"좋아 네 몸에 삽입하는 것으로 하자. 이 정도의 안정성이라면 사고가 나더라도 널 지켜 줄 수 있을 테니까 말이야."

"그래, 잘 생각했어. 그러면 네가 나에게 주사를 놔줘."

"알았어."

연미는 곧바로 주사기를 꺼내와 샘플을 담은 후 내 팔뚝에 주사를 놓았다.

"후우, 이렇게 돼서 미안해."

"아니야. 내가 하는 것이 훨씬 안전해서 동의한 것이니 너무 부담 갖지 마."

"알았어, 차훈아."

연미가 주사기를 가지러 가는 동안 나는 샘플을 포켓에 담아 밀봉했다.

주사기를 가지고 돌아온 연미와 함께 휴게실로 갔다. 혹시라도 다른 이가 실험실로 돌아온 다면 문제가 될 수 있어서였다.

"시작하자."

"그래, 걱정하지 말고."

연미는 주사기에 포켓을 담고 세심하게 어깨 쪽 피부에 조심스럽게 포켓을 심었다.

삽입을 하는 동안 연미는 떨리는 눈빛을 감추지 못했다. 나를 걱정하는 마음이 느껴져 삽입이 끝나는 순간 연미를 끌어안고 말았다.

퍽!

"끅."

"기회만 노리는구나."

"그, 그게 아니고."

노성이 터질까 싶어 걱정했는데 돌아오는 대답은 다른 것이었다.

"미안해, 차훈아."

"여, 연미야."

"아이는 다시 가지면 되지만 네가 없으면 난 살지 못해."

"끄응, 알고 있었니?"

"내 몸에 그렇게 큰 변화가 생겼는데 여자인 내가 모를 것 같아?"

"하긴, 의사보다 더 의사 같은 네가 모르는 것이 이상하다고 생각하고는 있었어."

"앞으로 나와 아이는 네가 책임져."

"걱정하지 마. 반드시 지켜낼 테니까."

"믿겠어."

"후후, 그래."

"그만!"

다시 안으려 하자 연미가 나를 뿌리쳤다.

"왜?"

"아, 아직 임신 초기니 안정된 후에……."

"뭘 생각하는 거야. 이리 와!"

와락 연미를 끌어안았다. 마음을 연 것만으로도 세상을 다 얻은 것 같았다.

연미가 눈물을 흘리는지 어깨가 따뜻해졌다. 말로 위로하는 것보다는 나을 것 같아 연미의 등을 조심스럽게 쓰다듬었다.

"이제 좀 괜찮아?"

시간이 조금 지나 안정이 된 것 같아 연미에게 말을 걸었다.

"좋아졌어."

"다행이네. 이제야 연미답네."

"흥!"

"좋은 소식을 하나 알려 줄게."

"좋은 소식?"

"지금은 아니지만 아이를 낳은 후에는 네 능력을 찾아줄 수도 있을 것 같아."

"저, 정말?"

"그래, 방법을 찾았어. 확실한 방법이니까 걱정하지는 말고."

"네가 그렇다면 사실이겠지. 하지만……."

"흑운과의 일이라면 걱정하지 마. 그것도 생각해 둔 방법이 있으니까 말이야."

"검은 구름에 대해서도 알고 있었던 거니?"

"그래, 알고 있었어. 능력을 찾게 되면 흑운이 심어놓은 금제도 함께 발동한다는 것도 알아."

"으음."

"내가 말한 방법은 금제를 없애면서 능력을 찾을 수 있는 거야. 그러니 능력을 찾은 다음이라도 네 의지대로 하면 되는 거야, 연미야."

"흑! 흑흑… 차훈아! 으아아앙!"

통곡을 하며 연미가 나를 끌어안는다. 그동안 했을 마음고생을 알기에 꽉 안아 주었다.

"흑! 흑! 미워! 다 알고 있었으면서."

"미안해, 방법을 찾기 전까지는 말해줄 수 없었어. 네가 실망할까 봐 말이야. 그러니 이제 그만 울어. 얼굴 붓겠다."

"알았어. 흑."

"이제부터 여기서 실험했던 잔재들을 모두 없애야 해."

"벌써?"

"그래, 시간이 없으니 서둘러야 해."

"시간이 제법 걸릴 텐데?"

"그 정도는 아직 시간이 있어. 그리고 나는 어디 좀 다녀와야 해."

"어디를 가는 거야?"

"여기 지하에."

"지하에?"

"지금은 설명하기 곤란하니까 다녀와서 말해 줄게. 그동안 넌 기록된 데이터들을 전부 소각하도록 해."

"알았어. 하지만 돌아와서 설명을 해 줘. 이제 감추는 것은 싫으니까."

"후후후, 알았어. 그리고 지금 내가 뭘 할 텐데 놀라지는 마."

"뭘 할 건데?"

"공간 이동."

"설마, 너?"

"그래, 능력을 각성했어. 어제 너와 하루 종일 같이 있지 못했던 것도 각성을 했기 때문이야. 그리고 네 능력을 찾고 금제를 해제할 수 있는 방법을 찾은 것도 각성했기 때문이고."

"뭘 숨기고 있는지 모르겠지만 돌아와서는 전부 이야기해 줘야 할 거야. 그렇지 않으면……."

눈을 치켜뜨는 연미의 모습이 무섭다.

"알았어. 다 말해 줄게. 시간이 급하니까 이만 가볼게. 금방 돌아올 거니까. 너무 걱정하지 말고."

"빨리 돌아오기나 해!"

"아, 알았어."

팟!

연미를 남기고 지하로 공간 이동을 했다.

지하이기는 하지만 젠의 도움을 받은 터라 머물 공간과 공기를 확보할 수 있어 위험하지는 않았다.

'정말 어마어마하군.'

지하에 도착하고 난 뒤 내가 느낀 감정은 거대하다는 것뿐이었다. 기감으로 확인했을 때는 고작해야 1미터 내외의 구체로 인식했을 뿐이었는데 실제는 달랐다.

— *너무 커서 확인하기 곤란하군.*

— *잠시만 기다려 보십시오. 제가 어떻게 해볼 수 있을 것 같습니다.*

— *뭘 할 건데?*

— *전체적으로 살펴봤을 때 직경이 대략 1킬로미터 구체를 형성하고 있습니다만, 마법적으로 만들어진 것이라서 축소가 가능할 것 같습니다.*

— *하탄의 마법으로 만들어진 것이라서 가능한 거야?*

— *그렇습니다.*

— *축소한다면 지반이 약해져서 무너지지 않을까?*

— *그럴 일은 없을 겁니다. 공간을 차지한 것 같지만 실제로는 현실의 공간과 겹쳐진 것뿐입니다. 그리고 실제 크기는 주먹만 한 크기입니다.*

— *좋아. 그럼 한 번 해봐.*

연구소 바로 지하 1킬로미터 지점에 있어서 구체가 축소되면 위험하지 않을까 싶었지만 젠이 그렇다고 하니 허락했다.

입체감이 점점 줄어들기 시작한다. 구체가 줄어들고는 있지만 공간에 지반이 그대로 있는 것을 보니 젠의 말대로 지반과 겹쳐져 있던 것이 분명했다.

'응?'

구체가 줄어드는 것과 동시에 내 앞으로 통로가 나타났다. 젠이 일부러 만들어 놓은 통로가 분명했다.

— 고마워.

— 아닙니다, 마스터.

줄어드는 속도에 맞춰 통로를 따라 걸었다. 얼마쯤 걷자 통로의 외벽이 변하기 시작했다.

조금씩 녹색의 빛을 띠기 시작한 것이다.

'수용소장의 비밀 금고에 있던 것들이다.'

내 피를, 그리고 내 심장을 대체했던 것과 같은 종류의 것들이 암반 곳곳에 박혀 있었고, 은은한 빛이 발산되어 통로를 녹색으로 물들이고 있었다.

중심부로 갈수록 녹색이 점점 진해지고 있다. 점점이 박혀 있던 것들이 이제는 큰 바윗덩어리 같은 형태가 대부분이었다.

그리고 중심부에 도착했을 때는 전체가 거대한 녹색의 암반을 이루고 있었다.

중심부에 있는 구체를 보는 순간, 나를 변화시켰던 것들에 대한 놀라움은 순식간에 사라졌다.

일곱 가지 색의 영롱한 빛을 뿌리는 직경 1미터 정도의 구체의 한쪽에서는 녹색의 기운이 천천히 흘러나와 암반으로 스며들고 있었었다.

— *저것 때문에 이 근처가 변한 건가 보군.*

— *그렇습니다. 구체를 이루고 있던 마법진 중에 파손된 곳에서 에테르가 흘러나와 주변 지형을 이렇게 변화시킨 것 같습니다.*

— *떨어지면서 파손된 건가?*

— *아닐 겁니다. 파손된 형태로 봐서는 뭔가에 피격을 당한 형태입니다. 외곽을 이루는 마법진은 차원을 돌파하는 충격에도 안전할 만큼 단단한 것이니 말입니다.*

— *그랬군.*

수용소에 머물 때 보았던 것들이 어째서 북한에 있었는지 대략적인 유추가 가능했다.

뭔가에 마법진이 파손을 당하고, 추락하는 도중에 녹색의 에테르가 북한 지역에서 지하로 스며든 것이 분명했다.

— *젠, 저것을 수리할 수 있겠어?*

— *당장 가능합니다. 그렇지만 흘러나온 에테르를 다시 채워 넣어야 균형이 맞을 것 같습니다.*

— *다시 집어넣는 것이 가능할지 모르겠군.*

— *저는 불가능하겠지만 마스터께서는 가능합니다. 저와 직*

접 연결이 되어 있으니 마스터께서 흡수를 하신 후에 저에게 건네주시면 완전하게 복구가 가능합니다.

— 한 번 해보지.

한 번 경험이 있기에 녹색으로 변한 암반에 손을 가져다 댔다. 에테르가 빠르게 흘러들어와 심장으로 향했다.

심장으로 흘러든 에테르는 순식간에 자취를 감추었다. 에테르 자체가 공간 이동을 하듯 젠을 통해 구체로 흘러들고 있었다.

'심장에서 곧바로 다른 곳으로 이동하다니 놀랍군. 내 육체에도 적용이 가능할 것 같은데.'

에너지 맵은 혈맥이나 신경망을 이용해 구축되는데, 그렇게 하지 않아도 충분할 것 같다. 의지만으로 원하는 위치에 보내는 것이 가능할 것 같으니 말이다.

집중하지 않아도 젠을 통해 에테르가 전이되고 있어 구체를 관찰했다.

'언뜻 보면 평범하지만 나노 단위의 마법진이 전체에 빼곡하게 새겨져 있구나. 동서남북과 상하로 여섯 개와 가운데 하나의 교차점이 있어서 일곱 종류의 에테르가 교차해 가며 자리를 바꾸는구나.'

에테르들이 계속해서 이동을 하고 있었다. 빠르게 교차하는데도 이상이 없는 것을 보면서 대단하다는 생각이 들었다.

제8 장

에테르들이 각기 다른 광채를 뿜어내는 것은 발현된 성질이 조금씩 다르기 때문인 것 같다.

일곱 명의 마나 마스터가 자신의 세계를 조율할 때 사용했던 방법이 각기 달랐기 때문에 벌어진 현상이 분명하다.

브리턴만 하더라도 에테르가 변형이 되어 마나라는 형태로 발현이 되었으니 말이다.

'마법진이 조금씩 회복되고 있구나. 어쩌면 흘러나온 에테르가 마법진을 구축하는 본질일지도 모르겠다. 그렇지 않다면 저렇게 손쉽게 복구되지 못할 테니까.'

에테르가 흘러들수록 찢어진 구체가 다시 복구되고 있었다.

자체적으로 회복 기능이 있는 것 같다.

'담고 있던 에너지의 양을 생각하면 저것을 찢어낸다는 것이 쉽지 않은 일이었을 텐데, 어떤 방법으로 저렇게 만든 건지 모르겠군.'

구체를 이루고 있는 물질도 평범해 보이지 않는 것이다.

엄청난 에너지를 가지고 있으려면 그 강도 또한 상당할 것이다. 더군다나 마법진으로 도배가 되어 있는 터라 찢어내는 것이 쉽지 않았을 텐데 의문이 아닐 수 없다.

'일단 기다려 보자. 전부 회복이 된 다음에 감추고 있던 비밀을 알려준다고 했으니 말이야.'

젠이 내게 한 말이 있기에 복구가 끝나기를 기다렸다.

얼추 복구가 끝나 가는지 주변에 있던 암반들이 점차 제 색깔을 되찾고 있었다.

녹색의 에테르가 주변에서 모두 사라지자 젠이 의지를 전해왔다.

— 끝났습니다, 마스터.

— 고생했어, 젠.

— 아닙니다. 하탄이 남긴 마법진 자체에 복구 기능이 있어 그다지 어렵지 않았습니다.

— 역시, 그랬었군.

— 일단 마스터께서 저것을 회수하십시오.

— 저렇게 큰 것을 내가 회수하라고? 잠깐 살펴봤지만 아공

간에는 담을 수도 없는 것인데?

— 마스터 말씀대로 아공간에 담을 수 없지만 방법이 있습니다. 마스터의 손을 저 위에 얹고 의지만 표현하시면 자연스럽게 소유하시게 될 겁니다, 마스터.

— 그렇다면 한 번 해보도록 하지.

그냥 둘 수는 없는 노릇이기에 젠의 말대로 손을 얹고 소유하겠다는 의지를 보냈다.

팟!

"헉!"

구체가 사라지는 것과 동시에 심장이 답답해졌다.

공간 이동을 통해 전이된 듯 구체는 아주 작은 크기로 심장에 들어와 있었다.

— 너무 경계하지 마십시오. 한 번 겪으셨던 일이니 나 자신이라고 여기시기만 하면 알아서 자리를 잡을 겁니다, 마스터.

사실 내 소유로 하겠다고는 했지만 경계심을 가지고 있었다. 그것 때문에 완벽하게 내 것이 되지 못한 것이 분명했다.

— 알았어. 너는 내 것이다.

젠의 말대로 생각을 했고 의지를 실어 보냈다. 구체에 대한 의심을 완전히 털어버리고 온전히 내 것임을 의지로 표명하자 변화가 일어났다.

'전과 비슷하다더니…….'

구체가 변형을 일으켰다. 심장의 형태로 변하더니 전과 같이 심장에 완전히 동화가 되어버린 것이다.

전에는 부족하다고 느꼈는데 이제는 완전하다고 할 만큼 충만감이 든다.

나와 일체화된 느낌도 잠시였다.

젠이 의도한 것이 무엇인지 알아야 했다.

— *젠, 어떻게 된 일이지?*

— *저에게 걸린 봉인이 풀렸으니 모두 말씀을 드리겠습니다, 마스터.*

— *말해봐.*

— *우선 브리턴에서 마스터께서 만났던 자들은 일곱 세계의 차원에서 건너온 자들이었습니다.*

— *브리턴의 원주민이 아니고 전부 다른 차원에서 넘어온 자들이라는 말이야?*

— *그렇습니다. 이곳 지구에서 넘어온 자로는 베토스가 있고, 센트 싸인에서 만났던 자들도 전부 다른 차원의 세계에서 넘어온 자들입니다.*

— *으음. 다른 차원에서 넘어온 자들이라니 믿지 못할 이야기로군.*

— *사실입니다. 자의 반 타의 반으로 다른 차원에서 넘어왔다가 남겨진 자들입니다. 그리고 베토스가 속해 있는 황가를 제외하고는 같은 목적을 위해 남아 있었다는 것이 저들의 공통점이기도 합니다.*

— 무슨 말이지?

— 결론만 말씀드리면 이해하기 힘드실 테니 처음부터 설명을 드리겠습니다.

— 시간은 있으니까 설명을 해봐.

연구소로 돌아가는 것보다 중요한 일이기에 지금 설명을 듣기로 했다.

— 이곳 지구와 허차원의 지구인 브리턴이 속한 세계는 창조주의 실험실이었습니다.

— 창조주의 실험실이라니 무슨 말이야?

— 그러니까 지구와 브리턴은 창조주가 세상을 만들기 전에 실험적으로 만들어본 세계라고 할 수 있습니다.

— 믿기 힘든 일이로군. 과학적으로 빅뱅과 지구의 탄생 시기가 다른데 말이야.

— 제가 세상이라고 말씀을 드린 것은 자아를 가진 존재와 특별한 에너지 패턴이 인과율 시스템에 따라 움직이는 세계를 말씀드리는 것입니다.

— 유의미한 세계를 가리키는 거로군.

— 그렇습니다. 창조주의 실험실은 이면 공간에 만들어졌고, 오랜 세월 동안 시행 착오와 업그레이드를 거쳐 물질세계에 덧입혀졌습니다. 현실의 지구는 생물종을 만들기 위한 실험실이 되었고, 허 차원의 지구인 브리턴은 에너지 패턴을 만들기 위한 실험실로 만들어졌습니다.

— 그러니까 물질세계가 만들어진 이후에 생물종과 에너지 패턴이 만들어졌다는 말이군. 각각 따로 말이야.

— 그렇습니다. 창조주는 순수한 에너지로 세계와 차원을 이루는 물질들을 만든 다음에 물질들을 향유할 생물종과 에너지 패턴을 만들었습니다. 하지만 순수 에너지의 반발로 인해 생물종과 에너지 패턴을 물질세계에 곧바로 적용을 시킬 수 없어 실험실을 만들어야 했던 것입니다.

— 무슨 말인지 확실히 알아들었어.

— 창조주는 실험을 통해 생물종과 에너지 패턴이 완성 단계에 들어가자 물질세계에 덧입힌 후, 일정 기간 적응을 시키고 차원을 넘어 전 세상에 퍼트렸습니다. 그때 지구와 브리턴을 제외하고 에너지 패턴에 따라 각자 확고한 기준을 가진 일곱 세계가 만들어졌습니다.

— 그 일곱 세계라는 것이 나와 연결이 된 세계들이로군.

— 그렇습니다. 세계가 만들어지자 창조주는 각 세계별로 관리자를 두었습니다. 바로 신이라 불리는 존재들이었습니다.

— 각각의 세계에 맞춰진 인과율을 관리하고 시스템을 조율하는 존재들 말이지?

— 그렇습니다.

— 그러면 신들이 문제를 일으킨 것인가?

— 맞습니다. 신들의 움직임으로 인해 세계가 붕괴 직전까지 가는 문제가 생겼습니다. 그들의 지구와 브리턴으로 들어온 탓

에 각각의 인과율 시스템이 충돌을 일으켰으니 말입니다.

— 어째서 충돌을 한 거지? 창조주는 그런 것까지 계산을 했을 텐데 말이야.

— 실수인지 아니면 일부러 그런 것인지 모르지만 창조주께서는 일곱 세계와 실험실들의 연결점을 지우지 않았습니다. 그리고 인과율에 대한 조율도 하지 않았습니다.

— 이상한 일이로군. 분명히 문제가 발생하지 않을 수 없을 텐데 말이야.

— 제가 생각하기로는 아무래도 창조주께서 일부러 그런 것 같습니다.

— 일부러?

— 확실한 근거는 없습니다.

— 그저 감이라는 거군.

— 그렇습니다.

— 계속 이야기해 봐. 뭐가 문제가 된 거지?

— 신이라 불리는 존재들은 연결점을 통해 현실의 지구와 허차원을 드나들 수 있었습니다. 신들을 따르는 존재들도 마찬가지여서 각 세계 간의 교류가 시작되었습니다.

— 세계 간의 교류라면 나쁘지 않은 거잖아?

— 그저 문명의 교류라면 문제가 없었을 테지만 에너지 패턴들이 문제를 일으켰습니다. 창조주의 인과율이 적용되는 지구와 브리턴에 다른 세계의 생물종과 에너지 패턴이 드나들기 시

작하자 충돌을 일으킨 것입니다.

— 지구와 브리턴에서 퍼져 나간 것들인데 충돌이라니, 좀처럼 이해가 되지 않는데?

— 현실 차원과 허 차원은 각 차원과 세계로 퍼져 나간 생물종과 에너지 패턴의 근원이 되는 곳입니다. 변형된 존재들의 유입으로 지구와 브리턴은 오염이 되기 시작했고, 끝내는 인과율에 위배가 되어 충돌이 일어났습니다. 그냥 충돌로 끝난 것이 아닙니다. 이곳에 드나드는 존재들은 모두 인과율이 뒤틀린 채 자신의 세계로 돌아갔는데, 그것이 그들 세계의 인과율 시스템에 오류를 일으키는 원인이 되었습니다.

— 문제가 심각해졌겠군.

— 그렇습니다. 차원이 붕괴하기 직전까지 갔습니다. 각 차원이 붕괴 직전까지 간 것은 생물종의 영향보다는 에너지 패턴의 영향이 더 컸습니다.

— 무슨 말이지?

— 현실 차원의 지구에는 생물종의 근원이 되는 DNA 정보가 있었고, 허 차원의 지구인 브리턴에는 일곱 개의 에너지 패턴을 만들어내는 근원이 있었습니다. 둘 다 창조주의 의지로 남겨진 시스템에 의해 보호되고 있었습니다. 그런데 신들이 직접 허 차원의 브리턴으로 건너가는 바람에 인과율 시스템에 오류가 생겨 버렸고, 시스템에 의해 보호되고 있던 에너지 패턴들이 조금씩 소멸되기 시작한 것입니다.

— 에너지 패턴들은 신들이 만들어낸 것이 아니었나?

— 아닙니다. 모든 에너지 패턴은 창조주께서 만드신 겁니다. 신들은 그저 창조주께서 만드신 인과에 따라 브리턴에 있는 근원의 에너지 패턴을 복사해 자신들의 세상에 퍼트렸을 뿐입니다.

— 그럼 어째서 소멸되기 시작한 거지?

— 신들이 자신들의 세계에 퍼트린 것과 브리턴에 있는 에너지 패턴은 질적으로 다른 것입니다. 브리턴으로 건너온 신들은 본능적으로 그것을 느낄 수 있었고, 자신들이 보유한 권능으로 흡수해 버리고 말았습니다.

— 창조주가 있었거나 인과율 시스템이 정상이었다면 불가능한 일이었겠지만 둘 다 사라져 버린 터라 그들이 권능을 발휘하는 것만으로도 흡수가 되어 버린 모양이군.

— 그렇습니다. 아무리 신이라도 근원이 되는 것들을 전부 흡수할 수는 없었습니다. 일부는 그들을 따라 각각의 세계에 흘러들어 에너지 패턴들이 뒤섞이기 시작했고, 인과율 시스템들이 오류를 일으킨 탓에 상황은 점점 악화되기 시작했습니다.

— 마르지 않는 샘물이 말라가고 있으니 각자의 세계를 유지하는 에너지가 공급이 되지 않았을 것 같군.

— 그렇습니다. 그때부터 오류가 아니라 인과율이 붕괴되기 시작했습니다.

— 어째서 미리 알아차리지 못한 것이지?

— 전부 창조주께서 만든 것들이라 인과율 시스템들이 오류를 오류로 인식하지 못했기 때문이었습니다.

— 신들이 복사해서 퍼트렸던 터라 다른 것으로 인식이 되지 않은 모양이군.

— 인과율 시스템은 세계를 풍성하게 만드는 것에 초점이 맞춰진 것인 만큼, 질적으로 뛰어난 에너지 패턴을 오히려 좋게 생각하고 더욱 받아들였던 것입니다.

— 인과율 시스템이 붕괴하기 시작하자 문제를 인식한 일곱 세계의 신들은 조치를 취하게 됩니다.

— 어떤 조치지?

— 자신들로 인해 브리턴에 문제가 발생했다는 것을 깨닫고 아바타들을 만들어내게 됩니다.

— 브리턴을 개선하기 위해 아바타들이 만들어졌는데 또 다른 문제가 발생한 모양이로군. 그런데 혹시 아바타들이라는 것이 너와 하탄인 건가?

— 그렇습니다, 마스터.

— 너와 하탄이 만들어진 것이 뭐가 문제가 됐는지 자세하게 설명을 해봐.

— 위기를 느낀 신들은 창조주께서 신이라는 아바타를 만들어낸 것처럼 자신들의 모든 힘을 합쳐 저와 하탄이라는 아바타를 만들어냈습니다.

— 회복시킬 수 있는 방법을 찾았기에 그런 것이겠지.

— 맞습니다. 브리턴에 퍼져 나간 에너지 패턴들을 회수하고, 근원의 장소로 돌려보내기만 하면 브리턴을 움직이는 인과율 시스템이 안정을 되찾을 수 있었기에 가능한 조치였습니다. 하지만 여기서 신들도 예상하지 못한 일이 생기게 됩니다.

— 예상하지 못한 일이라니?

— 신들에 의해 만들어진 아바타인 저와 하탄은 완전하지 못했습니다. 신 또한 이 사실을 인지하지 못해 또 다른 문제를 불러일으킵니다.

— 하탄만 완전하지 못했던 것이 아닌가?

— 말씀을 드렸듯이 하탄뿐만 아니라, 저 또한 완전하지 못한 존재로 태어났습니다. 홀로 선 존재인 창조주를 제외하고 그 어떤 존재도 완전한 아바타를 만드는 것은 사실상 불가능합니다.

— 세계를 창조하고 존재하는 모든 생물종이 창조주의 아바타라고 할 수 있으니 그럴 수도 있겠군. 그러면 하탄이 실행했던 계획이 신들의 뜻이 아니었다는 것이로군.

— 그렇습니다. 아바타는 의지로 만들어지는 존재입니다. 일곱 신들이 힘을 합쳐 저와 하탄을 만들 때 차원 붕괴를 염려한 그들의 불안감이 어두운 의지를 만들어냈고, 그 잔상이 저와 하탄에게 투영되어 의도하지 않았던 기억을 가진 자아가 만들어지게 되었습니다.

— 의도하지 않았던 자아가 형성이 됐다면 신들의 통제가 너와 하탄에게 먹히지 않았겠군.

— 더군다나 영향을 최소화하기 위해 신들은 자신들의 세계로 돌아갔고, 연결점을 막아버려서 하탄의 폭주를 막을 존재는 아무도 없었습니다.

— 하탄은 잔상으로 인해 왜곡된 기억을 사실로 여기고 현실 차원을 향한 계획을 실현시켰던 것이로군. 창조주의 안배를 상위 차원의 존재가 드리운 그늘로 오인하고 말이야.

— 맞습니다. 왜곡된 기억 때문에 자신을 신의 대리인인 마나 마스터로 여긴 하탄은 상위 차원의 존재가 드리운 의지를 없애기 위해 계획을 실행시킵니다. 세상에 뒤섞인 기운을 일곱으로 나누어 근원의 장소로 돌려보내는 것이 아니라, 현실의 지구로 날려 보낸 것입니다.

— 그렇게 된 것이었군. 현실의 지구가 변하게 된 진짜 원인이.

— 하탄의 계획으로 인해 브리턴에는 큰 변화가 발생했고, 그 영향은 신들의 세계에도 미쳤습니다. 세계의 연결점을 막고 있던 신들은 연결점을 열고 하탄이 벌인 일을 보고는 기겁하지 않을 수 없었습니다. 현실의 지구에 에너지 패턴이 폭발하게 되면 생물종의 근원이 사라지게 되고, 그렇게 되면 모든 세계에는 새로운 생명이 탄생할 수 없었으니 말입니다.

— 물질만 남은 세계로 돌아가는 것이로군.

— 맞습니다. 창조주께서 만들어낸 시스템들이 모두 붕괴되고 물질세계만 남게 되는 일이었습니다.

— 하탄의 계획이 실패한 것은 신들이 움직였기 때문인가?

— 그렇습니다. 하지만 완벽하게 성공하지는 못했습니다. 인과율 시스템이 무너지는 것을 막느라 대부분의 힘을 상실한 탓에 대폭발만 간신히 막았을 뿐입니다. 세계의 기운 중 하나를 터트려 균형을 무너트리는 방법으로 말입니다.

— 그 결과가 저 구체로군. 그래서 근원의 에너지 패턴을 가지고 있고.

— 그렇습니다.

— 후후후, 그렇게 된 일이라니 정말 어이가 없군.

— 어쩔 수 없는 일이었습니다.

— 그런데 저렇게 완성이 되었다면 다시 폭발하지는 않나?

— 하탄이 심어놓은 것들은 제거하고 새로운 마법진을 심었습니다. 이제부터는 마스터께 힘이 되어 줄 겁니다.

— 안에 담긴 것들을 내가 꺼내 쓸 수 있다는 건가?

— 그것은 불가능합니다. 대신 근원이 되는 에너지 패턴을 통해 지구에서 복사된 에테르들은 자유롭게 사용하실 수 있을 겁니다. 사용하는 양이 얼마가 되든 저것이 코어가 돼서 조절을 해줄 테니 말입니다.

— 그건 조금 괜찮군. 그렇다면 센트 싸인에서 있었던 일은 뭐지? 내가 가진 힘의 근원을 빼앗긴 것 말이야.

— 현실의 지구에서 넘어온 브리턴 황가를 빼고 일곱 세계에 넘어와 정착한 존재들이 있습니다. 신들의 일을 사역하는 사도

들로 일종의 아바타입니다. 그들은 브리턴에 아주 미약하게 남아 있는 에너지 패턴을 지키고, 복구할 방법을 찾아내는 임무를 맡고 있는 존재들입니다.

— 내가 만나 존재들이 전부 다 그렇다는 건가?

— 그렇습니다. 그들은 마스터의 심장에 있는 근원의 에너지 패턴을 느꼈습니다. 당시 브리턴은 약간의 에너지 패턴을 마나로 변환시켜 간신히 유지하고 있었지만 소멸하기 직전이었습니다. 그것은 자신들의 세계에도 영향을 미치는 탓에 특단의 조치를 강구할 수밖에 없었습니다. 그 조치라는 것이 바로 마스터께서 가지신 근원의 에너지 패턴을 이용해 잠시나마 세계를 안정시키는 것이었습니다.

— 모두가 한통속이었다는 말이로군. 알았어. 세계를 유지하기 위해서 어쩔 수 없다고 치고, 그곳에 에너지 패턴들이 얼마나 안착이 된 거지?

— 마스터께서 가지고 계셨던 세 개가 전부입니다. 아직 여섯 개를 더 안착시켜야 합니다.

— 전부 일곱 개면 되는 것 아닌가?

— 일곱 세계의 것과 실 차원과 허 차원의 것까지 모두 아홉 개가 안착이 되어야 합니다. 지구와 브리턴, 그리고 일곱 세계 중에 하나의 세계만 안착되어 있을 뿐입니다.

— 나와 연결된 차원이 모두 아홉 개이니, 연결된 곳의 에너지 패턴을 전부 그곳에 안착시켜야 한다는 말이로군.

— 그렇습니다.

— 그러면 내 심장에 동화된 것을 브리턴에 가서 안착시키면 되는 건가?

— 그것만으로는 부족합니다.

— 어째서 그렇지?

— 실 차원과 허 차원의 에너지 패턴 이외에 일곱 세계에 가야 완전한 에너지 패턴을 얻을 수 있습니다. 녹색의 에너지 패턴이 안착할 수 있었던 것은 마스터께서 그 세계로 가서 나머지 에너지 패턴을 얻을 수 있었기 때문입니다.

— 무슨 말인지 알겠군.

수모를 비롯한 엘리멘탈을 만났던 세계에서 얻었던 기운들이 녹색의 빛을 뿌리는 에너지 패턴의 일부였다는 말이었다.

— 그럼 이제부터 어떻게 해야 하지?

— 각각의 세계로 넘어가서 에너지 패턴을 회수하고 브리턴에 가서 안착을 시켜야 합니다.

— 연결점을 통해 게이트를 넘어가려 해봤지만 열리지를 않았는데 가능할까?

다른 세계로 넘어가려 해봤었지만 되지 않았다. 아무런 변화가 느껴지지 않는 것을 봐서는 가능성이 거의 없었다.

— 마스터가 직접 여는 것은 불가능하지만 이미 열려 있는 곳으로는 넘어가실 수 있습니다.

— 이면 조직이 관리하는 게이트를 통해 넘어갈 수 있다는 말

이로군.

— 그렇습니다.

— 하지만 문제가 있다. 게이트를 관리하고 있는 이면 조직들은 절대 만만하게 볼 수 없다.

— 어차피 그들도 정리를 하셔야 합니다.

— 정리?

— 현실 차원의 이면 조직들은 일곱 세계를 지배하는 신들의 잔상들입니다.

— 잔상이라니?

— 아바타들이 브리턴에만 있는 것이 아닙니다.

— 아바타로 만들어진 존재에 의해 이면 조직들이 생긴 건가?

— 그렇다고 볼 수 있습니다. 신들은 현실의 지구에도 드나들었습니다. 그로 인해 그들이 발산하는 의지와 에너지가 인간에게도 막대한 영향을 미쳤습니다.

지구에도 영향을 미쳤다니, 뭔가 조금 이상했다.

— 솔직하게 말을 해봐. 각 세계의 신들이 지구에도 영향을 직접적으로 행사한 건가?

— 확인은 되지 않았습니다만, 그럴 확률이 98퍼센트를 훨씬 넘습니다.

— 어째서 그들이 끼어들었지?

— 신들은 현실의 지구에 남겨진 생물종의 패턴을 통해서 창조주로 거듭날 수 있는 길을 발견한 것 같습니다.

— 후후후, 우습군. 세계를 조율하라고 창조주가 만들었다는 존재들이 엉뚱하게 문제만 일으키다니 말이야. 내가 다른 세계로 넘어가서 에너지 패턴을 회수해 브리턴에 안착시키면 신들을 제어할 수 있는 건가?

— 그렇습니다. 에너지 패턴이 안착되면 인과율이 정상적으로 가동을 하기 시작할 것이고, 인과율 시스템과 직접 연결이 된 신들도 제자리로 돌아갈 수밖에 없습니다.

— 그렇다면 그들과 부딪치게 되겠군.

— 마스터 말씀대로 신들과 충돌하게 될 겁니다. 하지만 지금 가지신 힘이라면 충분히 상대하실 수 있을 겁니다.

— 알았어. 한 번 부딪쳐 보도록 하지. 그런데 너는 어떻게 해서 이런 것들을 모두 알고 있는 거지?

— 저도 잘 모릅니다. 마스터께서 지구로 가신 후 전 암흑의 세계로 빨려 들어갔습니다. 정신을 차렸을 때 모든 것이 떠올랐습니다. 지금 말씀을 드린 정보들을 묶어놨던 봉인이 깨지면서 말입니다.

— 아무것도 모른다는 말이로군.

— 죄송합니다, 마스터.

— 네가 죄송할 것이 무엇이지?

— 제 기억의 일부가 삭제된 것도 그렇고, 제가 하탄을 말렸더라면 이런 일이 벌어지지 않았을 것이기에 죄송한 생각뿐입니다.

— 봉인되었던 기억이 돌아와 진실을 알게 됐으니 됐어. 어째서 그런 정보가 봉인되었는지는 중요하지 않으니까 말이야. 그리고 하탄을 정말 말릴 수 있었을까? 나는 아니라고 보는데 말이야.

— 무슨 말씀이십니까?

— 아직 확실하지는 않지만 아바타를 만드는 것부터 계획적이었을지도 모른다는 것이 내 생각이야.

— 계획적이었다는 말씀이었다는 것은 또 무슨 말씀입니까?

— 아직은 불확실해. 내가 생각한 것이 맞는지 확인이 되면 알려주도록 할게.

확인이 되면 어쩔 수 없지만 조금은 충격적인 가설이기에 젠에게 아직 말할 단계가 아니다.

— 알겠습니다, 마스터.

— 젠, 이만 돌아가도 될 것 같은데.

— 알겠습니다. 그럼 곧바로 이동하겠습니다.

팟!

말이 끝나기 무섭게 연구실로 돌아와 있었다. 이동한 장소가 휴게실이었기에 아무도 없었다.

휴게실을 나와 연미의 실험실로 향했다. 연미는 분주하게 자료들을 폐기하고 있었다. 실험실 옆에 있는 작은 소각로에서 새어 나온 탄내가 코를 매콤하게 했다.

"왔어?"

"그래."

"갔던 일은 잘된 거고?"

"그래, 문제없이 끝났어. 그런데 네가 맡은 파트는 다 끝난 거야?"

"지금 타고 있는 것으로 끝이야."

"그럼 내 실험실에 있는 것들만 소각하면 되겠네."

"도와줄까?"

"아니, 됐어. 피곤할 텐데 휴게실에 가서 좀 쉬고 있어. 금방 끝내고 올 테니까 말이야."

"알았어."

연미가 휴게실로 들어가는 것을 보고는 내 실험실로 향했다. 소각로에 불을 붙이고 연구한 자료들을 폐기하기 시작했다. 대부분 머릿속에 기억이 되어 있었고, 페이퍼 자료는 얼마 만들지 않았기에 소각하는 데는 얼마 걸리지 않았다.

'이것으로 됐지만 혹시 모르니.'

에테르를 흘려 넣어 재들을 완전히 소멸시키고, 실험실에 남아 있는 기억의 잔상들로 지워 버렸다. 사이코메트리를 할 수 있는 능력자를 동원한다고 할지라도 아무것도 찾아낼 수 없을 것이다.

연미의 실험실로 돌아와 마찬가지 조치를 취했다. 양쪽 다 기운을 남겨 놨기에 사흘 동안은 남겨져 있는 기억들을 지속적으로 지워 버릴 것이다.

필요한 일들은 모두 마쳤기에 연미가 쉬고 있는 휴게실로 향했다. 침대에 누워 약하게 코를 골고 있는 연미의 모습이 안쓰러웠다.

'하긴 아이가 있다는 것을 알았을 때부터 마음고생이 심했을 테지. 본신의 능력을 회복시키는 것은 아직은 어렵지만 다른 것들이라면 가능하니…….'

웬만한 이면 조직들은 다 몰려올 테니 앞을 힘든 나날이 지속될 것이다. 지금의 연미로서는 견디기 힘들 것 같아 약간의 능력을 심기로 했다.

컨디션을 지속적으로 회복시켜 주는 마법과 신체를 강화해 주는 마법이었다.

나와 연결점을 만들어두면 지속적으로 에테르를 공급할 수 있을 뿐만 아니라 연미의 위치를 실시간으로 알 수 있어 반드시 해야 되는 조치였다.

'곤히 자고 있지만, 슬립!'

연미의 몸을 만져야 하기에 오해를 사고 싶지 않아 마법으로 재웠다.

천천히 안마를 하며 에테르를 흘려 넣는 것과 동시에 마법진들을 심었다. 의지로 심어도 되지만 접촉을 통해 심는 것이 더 확실했기에 심혈을 기울였다.

연미의 뱃속에 있는 아기에게도 같은 조치를 취했다. 웬일인지 슬립 마법에도 잠이 깨어 있는 아기는 기분이 좋은 듯 양수

속에서 꼼지락거리고 있었다.

'부모가 된다는 것이 이런 기분이군.'

아이의 움직임에 가슴이 설레고 따뜻해져 왔다. 부모가 되는 것이 어떤 것인지 조금은 알 것 같았다.

다리로부터 시작해 배를 거쳐 가슴으로 향했다.

'음, 아이를 가져서 그런가, 전보다 조금 커진 것 같은데?'

가슴 부근에 마법진을 심는데 전에 만졌을 때보다 손안에 들어오는 크기가 더욱 묵직해졌다.

'우리 아이에게 좋겠군. 젖 걱정은 하지 않아도… 헉!'

모유를 먹이는 모습을 생각하는 찰나 연미와 눈이 딱 마주쳤다. 슬립 마법을 걸었는데 깨어나다니, 모를 일이다.

'이제 죽었다.'

연미가 성질을 낼 것이 빤했기에 눈을 감았다.

'어, 뭐지?'

주먹이 날아오는 대신 입술이 촉촉해져 온다. 눈을 떠 보니 연미가 키스를 하고 있다. 물론 내 입술을 마주하고 말이다.

'달다.'

사랑하는 사람이라서 그런지 입술이 무척이나 달았다. 우리는 그렇게 오랫동안 키스를 했다.

"지랄 맞군."

모스크바에서 잡자기 날아온 통신에 미하일은 급해진 마음을 가눌 수 없었다.

전 세계의 이면 조직 중 십자동맹에 속하는 조직들이 일제히 이곳으로 조사를 온다는 소식이었다.

연구소는 직접적인 대상이 아니었지만 조사가 결정된 좌표들이 문제였다.

바로 연구소의 숙소와 자신이 봉인해 놓은 동굴이 이면 조직들의 조사 대상이었던 것이다.

'어떻게 정확하게 찍은 거지? 이렇게 정확하게 좌표를 찍고 조사하는 경우는 하나뿐인 걸로 알고 있는데, 설마 숙소와 동굴에서 스팟이나 게이트가 출현을 한 건가?'

다른 차원과의 연결 고리가 생기며 발생하는 에너지의 파장을 찾아내는 탐지기가 아니면 그동안 한 번도 발견되지 않았던 곳들이 드러날 리 없었다.

'제기랄! 하필이면……. 숙소는 비워졌으니 연구원들을 묶어두면 될 것이고, 먼저 동굴 속에 있는 것부터 처리를 하는 것이 좋겠다.'

연구소에 들어오면 최하 10일이 지나야 나갈 수 있다.

한 달이 넘도록 연구소에 남아 있어야 하는 경우도 있는 만큼 간단히 조치만 취한다면 문제될 것이 없다.

문제는 자신이 봉인을 걸어둔 동굴이었다. 혈정의 힘을 믿기는 하지만 십자동맹에 속하는 모든 조직이 특별한 능력자들을 파견한다고 한 만큼 안심할 수 없는 상황이었다.

기회를 봐서 처리할 생각이었지만 급하게 됐기에 당장 조치를 취해야 했다.

마음이 급한 상황이었지만 미하일은 소장으로서 필요한 조치를 취했다. 2개월간 연구소 출입을 통제하고, 연구원들의 숙소를 폐쇄하도록 했다.

일련의 조치들을 취한 미하일은 비밀리에 동굴로 향했다. 블리자드의 헥사곤이 주변에 있다는 것을 알기에 혈정을 사용한 미하일은 아무도 모르게 동굴에 도착할 수 있었다.

'변한 것이 아무것도 없는데…….'

자신이 봉인을 한 이후 변한 것이 아무것도 없었다. 조금이라도 변화가 있었다면 봉인을 유지하는 자아가 알려줬을 텐데 아무 느낌도 없었던 것이다.

'열고 들어가 보자. 안쪽에 심상치 않은 변화가 생겼을 수도 있으니.'

미하일은 봉인에 약간의 틈을 내 안으로 들어섰다. 거대한 철문이 아직도 가로막고 있었고, 암호를 넣어 철문을 열었다.

피의 제의가 진행이 됐던 곳으로 들어섰지만 변화된 것은 아무것도 없었다.

'아무 변화도 없는데 어떻게 여기를 찍어서 조사하려는지 도무지 모르겠군. 오히려 잘됐다. 이틀 후면 조사단이 온다고 하

니 이번 기회에 진행하는 것이 좋겠다.'

시간이 지나면 문제가 생길 수도 있기에 미하일은 멈춰진 제의를 다시 진행하기로 했다.

스르르르.

미하일의 정수리에서 떠오른 혈정이 역 피라미드의 꼭짓점이 있는 부분으로 향했다.

치—지지지!

미하일이 내보낸 혈정으로부터 제의가 시작되고 있었다.

반응이 일어났다. 중심부에 혈정이 서자 피라미드 전체에 스파크가 튀어 올랐다. 붉은 섬광을 내뿜는 전류 같은 것들이 피라미드의 표면을 흘렀다.

피라미드 표면에 알 수 없는 문양과 문자들이 떠오르듯 나타났다. 붉은색 섬광과 함께 나타난 그것들은 주변에 자신의 존재감을 뿌려 댔다.

웅! 웅! 웅!

공간 전체가 일렁이며 확장과 수축을 반복했다.

치지지지지!

바닥에 그려진 마법진도 반응했다. 푸른색의 선명한 문양이 마법진을 따라 나타났다.

그와 동시에 피라미드는 또 다른 반응이 나타났다. 붉은색의 스파크를 잠식하며 천천히 다른 기운이 꼭짓점을 향해 내려오고 있었다.

이곳에서 시도된 제의가 실패할 때마다 쌓였던 혈기가 미하일의 혈정이 촉매가 되어 반응을 보인 것이다.

꼭짓점까지 내려온 검붉은 기운이 마법진과 피라미드 사이에 있는 혈정에 닿았다.

번쩍!

혈정에서 강렬한 섬광이 터져 나왔다.

마법진과 피라미드가 반응을 일으키고, 검붉은 기운에서 검은 기운이 빠져나오고 있었다.

그와 동시에 구조물 바깥에서 황금빛의 빛이 퍼져 나가며 빠져나온 검은 기운을 흡수하기 시작했다.

황금빛 기운이 탁해질수록 피라미드는 선명한 선홍색으로 빛나기 시작했고, 밀려 내려오듯 꼭짓점을 향했다.

빛이 사라진 혈정의 크기가 점점 커지고 있었다. 혈정의 크기가 거의 1미터 반경에 이르렀을 때, 피라미드를 통해 밀려들던 선홍색의 기운의 모습도 자취를 감추었다.

피라미드를 뒤덮었던 문양과 문자들이 사라졌다. 바닥에 있던 마법진도 빛을 잃었다. 실패했던 피의 제의가 성공적으로 모두 끝난 것이다.

미하일의 눈은 흥분으로 물들어 있었다. 자신이 했던 제의 때보다 거의 100배에 달하는 혈정이 만들어졌기 때문이다.

자신도 모르게 내뻗은 미하일의 손길을 따라 혈정이 움직이기 시작했다.

요요롭게 빛나는 선홍색의 혈정이 둥실 떠올라 미하일의 정수리에 머물렀다.

스르르르르.

천천히 내려온 혈정은 미하일의 정수리로부터 시작해 전신을 덮었다. 혈정 때문인지 입고 있던 옷들이 가루로 변해 사라지고 미하일의 피부가 붉게 변했다.

피로 뒤덮인 것처럼 보이는 미하일의 피부는 혈정이 스며들수록 제 빛깔을 찾고 있었다.

'엄청난 힘이다.'

처음 혈정을 얻었을 때와는 차원이 다른 힘이 느껴졌다.

초월자라 부르는 이들이 느끼고 사용할 수 있는 권능이라는 것을 단번에 알 수 있었다.

블리자드의 수뇌부를 구성하고 있는 마스터들이 가진 것보다 더 큰 권능이라는 것을 본능적으로 느낀 미하일은 격한 감정에 전신을 떨었다.

'이거면 됐다. 이제는 세상을 바꿀 수 있어.'

사회주의 공산국가에서 탈피했지만 러시아는 여전했다. 극소수의 권력자들과 마피아들만이 배를 불리는 세상이다.

지도자라는 자들의 머릿속에 그들 자신밖에 없는 지금의 러시아는 변화가 필요했다.

개혁에 가까운 변화가 필요하지만 불가능한 이야기다.

지도층과 마피아들의 머리 꼭대기에 앉아 자신들의 입맛에 맞게 세상을 요리하는 자들 때문이다.

이면에서 상상을 불허하는 능력으로 세상을 조율하는 자들.

블리자드의 존재를 알았을 때 얼마나 낙담했는지 몰랐다.

천재라 칭해지는 자신의 능력을 가지고 있음에도 아무것도 할 수 없었다. 가공스러운 능력에 그저 겁에 질려 떨어야만 했다. 그러나 이제는 대항할 힘이 생겼다. 압도하지는 못해도 새로운 가치를 세울 정도로는 충분했다.

'어쩌면 이번이 기회일 수도 있다.'

연구소에서 진행 중인 프로젝트는 하나하나 소중한 것들이다. 결코 배부른 돼지들에게 돌아갈 것이 아니다.

무엇 때문인지 모르지만 전위 조직들이 반란을 일으켜 정신이 없을 텐데 이곳으로 이목이 쏠려있는 상황이 기회가 될 수 있었다.

조사단으로 파견을 오는 능력자들 때문에 블리자드도 어수선할 테니 이번이 연구소에서 진행되는 프로젝트들을 빼돌릴 절호의 기회였다.

'다른 연구 프로젝트들은 곧바로 빼돌릴 수 있지만 박차훈과 추연미가 문제로군. 헥사곤이 주위를 맴돌고 있으니 말이야. 연구 자료는 연구소에 남긴다고 하더라도 핵심이 빠져 있어 문제는 없는데 말이야.'

연구소에서 진행하고 있는 모든 연구의 핵심이 바로 두 사람이 진행하고 있는 프로젝트다.

다른 것들이 없더라도 박차훈과 추연미만 있다면 프로젝트를 부활시킬 수 있기에 고심이 되지 않을 수 없었다.

'어쩔 수 없는 건가?'

커다란 권능을 얻었으니 이후의 프로젝트는 자신이 진행하면 되기에 미하일은 결심을 굳혔다. 인민들을 위한 일에 사소한 희생은 불가피한 일이었다.

— *모든 것이 본래의 자리로!*

박차훈과 추연미를 제거하기로 마음을 먹은 미하일은 의지를 일으켰다.

스르르르.

제의를 주관하는 이의 의지에 따라 한순간에 소멸하도록 만들어진 구조물은 희미한 빛과 함께 동굴 속에서 사라졌다.

구조물이 사라진 곳에는 본래의 모습만이 남았다. 거대한 공동을 형성하는 자연 동굴만 그곳에 있었다.

그 누구도 이곳에 거대한 구조물이 있었다고는 믿어지지 않을 정도였다.

역 피라미드와 마법진이 사라진 것을 확인한 미하일은 신형을 돌렸다. 거대한 모습을 발걸음을 막고 있는 철문을 향해 손을 들어 올렸다.

— *사라져라!*

인간의 힘으로는 움직일 수도 없는 거대한 철문이 미하일의 손짓에 먼지처럼 사라졌다. 그의 몸으로 흡수된 혈정이 부리는 조화였다.

철문이 사라짐과 동시에 혈정으로 만든 봉인에 틈이 벌어졌다. 틈을 헤치고 밖으로 나오자 환상처럼 철문을 가로막고 있던 봉인이 미하일의 몸으로 딸려 왔다.

그렇게 동굴 밖으로 나선 미하일은 모터 썰매를 타고 연구소로 향했다.

하지만 미하일은 이번에 자신이 행한 제의가 처음 했을 때와는 많이 달라졌다는 것을 느끼지 못했다.

요사할 정도로 붉은 빛을 흘리는 혈정이 이번에는 자신의 의지를 보내오지 않았다는 것을 말이다.

모터 썰매를 타고 연구소로 향하던 미하일은 중간에 길을 바꿔 연구원들의 숙소가 있는 곳으로 향했다.

숙소에 도착한 미하일은 경비대로 하여금 연구원들이 묵고 있는 방을 모두 열도록 했다.

하나하나 방을 확인해 가던 미하일은 관심을 끌 만한 변화가 일어나지 않았음을 알 수 있었다.

'스팟이나 게이트가 나타났다는 흔적이나 정황은 하나도 없는데 어째서…….'

능력자에게 있는 스팟이나 게이트의 흔적을 찾는 것은 밥을 먹는 것만큼이나 쉬운 일이다.

모스크바에서 온 연락대로라면 분명히 흔적이 있어야 함에도 없는 것을 보면 다른 의도가 있는 것이 분명해 보였다.

'혹시라도 연구소에 대한 정보가 유출된 것이라면 말이 된다. 스팟이나 게이트보다 연구소에서 진행 중인 프로젝트가 훨씬 더 중요하니 말이다.'

전위들이 반란을 하게 된 원인은 에테르를 상시 축적해서 사용할 수 있게 되었기 때문이다.

이면 조직에서 관리하고 있는 스팟이나 게이트처럼 에테르의 농도가 높지 않은 일반 지역에서도 축적이 가능한 방법을 찾았다. 능력을 고스란히 유지할 수 있기에 전위들이 자유를 찾아 이면 조직들을 나올 수 있었던 것이다.

'진행 중인 프로젝트는 신체를 완전히 바꿔서 에테르를 상시 축적하게 해주고, 능력을 몇 배 향상시킨다. 더군다나 두 사람이 연구 중인 것이 완성되면 영생과 신화에 버금가는 권능을 얻게 된다. 정보가 유출이 됐다면 눈에 불을 켜고 확보하려고 할 것이다. 어쩌면 두 개의 좌표만 지정한 것도 이목을 흐리게 하기 위해서일 수도 있다. 문제는 누가 정보를 알고 있느냐 하는 건데. 혹시 위원회를 구성하고 있는 자들이 뒤를 치기 위해 동원을 한 건가?'

십자동맹에 속하는 이면 조직들을 일제히 동원할 수 있는 것은 위원회라 불리는 조직뿐이다.

십자동맹은 연합일 뿐 수장이 없는 조직이다. 조직 당시부터 조직별로 각자 행동하지만 세계에 영향을 미치는 사안에 대해서는 위원회의 위원들의 협의를 통해 동맹에 속하는 조직들이 따르도록 되어 있었다.

문제는 위원들이었다. 위원들의 진면목은 십대 조직의 수장들 이외에는 알지 못한다. 그럼에도 십자동맹에 속하는 조직들이 위원들의 권유를 따르는 것은 이들이 가진 힘 때문이다.

십자동맹이 생기기 이전부터 세상을 지배하던 큰손들!

막강한 권능을 지닌 존재들로 한 명 한 명이 거대 조직을 능가하는 힘을 가졌다.

그동안 위원회의 의견에 반기를 들었다가 사라진 조직들도 부지기수였기에 위원회의 권유는 대부분 따르는 편이었다.

'위원들도 불사는 아닌 것으로 알고 있다. 그들도 영생이라면 욕심을 낼 것이다.'

이번 일에 위원들이 뒤에서 움직일 가능성이 높다는 것을 확신한 미하일은 곧바로 연구소로 갔다.

콰콰쾅!!

연구원들의 숙소를 떠나 연구소로 향하던 미하일은 멀리서 터져 나온 폭발 소리에 놀라 연구소가 있는 쪽을 응시했다.

"젠장!!"

검은 연기가 치솟는 것을 볼 수 있었다. 거리와 방향으로 봤을 때 연구소가 공격을 받고 있는 것이 틀림없었다.

제9 장

슈슈슈슈슈―슝!

콰―콰콰콰콰쾅!!

연구소 주변을 돌고 있는 다섯 대의 기이한 비행체가 연구소를 향해 연신 레일건을 발사하고 있었다.

일체의 소음을 흘리지 않고 연구소 주변을 호버링하며 돌고 있는 비행체에서 발사되는 레일건들은 무시무시한 위력을 발휘했다.

마하9에 달하는 속도를 지닌 탄환을 맞은 연구소 건물이 부서지고 있었다.

원래 비밀 연구소 주변은 에테르로 작동하고 있는 배리어가 존재했다.

미사일에 직격당해도 버틸 수 있는 배리어는 초반에 이미 레일건을 맞고 산산이 부서졌고, 이제는 건물이 박살 나고 있는 중이었다.

연구소를 경비하고 있는 경비대들도 마찬가지였다.

특수 훈련을 거친 특급 능력자들로 구성되어 있었던 경비대였지만 반격 한 번 제대로 하지 못하고 초반에 전멸해 버렸다.

경비대가 전멸한 이유는 연구소 상공에 떠 있는 하나의 물체 때문이었다.

청록색의 빛을 뿜어내고 있는 물체는 에테르 간섭 장치라 불리는 것이다. 특별한 파장을 능력자들의 내부로 침투시켜 능력자들을 제압하는 장치인 것이다.

간섭 장치는 능력자들의 내부에 보유하고 있는 에테르에 이상 파동을 일으킨다. 보유하고 있는 능력을 사용할 수 없도록 원천적으로 봉쇄를 하는 것이다.

이로 인해 연구소를 경비대는 무력하게 전멸이 될 수밖에 없었던 것이다.

사실 에테르 간섭 장치를 사용하기 위해서는 중급 규모의 스팟에 담겨 있는 에테르가 소모된다.

동일 종류의 에테르를 필요로 하므로 한곳에서 필요한 양을 뽑아내야 하고, 그렇게 되면 스팟이 사라지게 된다.

중급 규모의 스팟이면 두고두고 특급 능력자 수십 명을 양성할 수 있기에 이면 조직들도 함부로 사용하지 않는 장치다.

제 살을 깎아 먹는 일이라 오직 조직의 사활이 걸렸을 때만 사용하는 것이었는데, 이번 작전을 위해 위원회에서 내놓은 것이었다.

콰콰쾅!

마지막으로 남아 있던 구조물이 박살이 나버렸다.

능력을 사용할 수 없어 건물에 의지해 러시아연방에서 개발한 첨단 무기를 사용하며 저항을 하던 경비대도 모두 죽고, 주변이 완전히 폐허로 변해 버렸다.

연구소 주변이 정리가 되자 공격을 하던 비행체들이 천천히 연구소 주변에 내려앉았다.

연구소 상공에 떠 있던 에테르 간섭 장치에서 흘러나오는 녹색의 빛이 사라지고 밀폐되어 있던 비행체의 문이 열리며 사람들이 내렸다. 십자동맹에서 파견이 된 능력자들이었다.

연구소를 공격한 이들 중에는 러시아와 동조 세력에서 파견된 자들은 하나도 없었다. 연구소에 대한 공격을 감추기 위해 별도의 비행체에 태워 미하일이 피의 제의를 시행했던 동굴로 보냈던 것이다.

— 시간이 없으니 최대한 빨리 진입해 자료들을 챙겨라. 그리고 살아 있는 것들은 모두 말살한다.

하이퍼 헬멧을 통해 흘러나오는 통신에 능력자들이 연구소

지하로 진입하기 시작했다.

지하로 내려가는 곳은 몇 겹의 차단벽이 쳐져 있었지만 능력자들의 진입을 막을 수는 없었다. 막고 있는 차단 장치들이 그들의 손짓 한 번에 무참하게 박살이 났던 것이다.

능력자들이 지하로 진입하자 비행체들이 공중으로 상승한 후 호버링하며 외곽을 경계하기 시작했다.

전격적인 작전이었지만 연락을 통해 러시아의 능력자들이 들이닥칠 수 있기에 방어망을 구축하려는 것이었다.

지하로 내려간 능력자들은 20분이 지나지 않아 지상으로 올라왔다.

그들의 등 뒤에는 작은 가방들이 메여 있었는데, 아공간 기능이 있는 가방들로 연구소에서 챙긴 자료들이 가득 들어 있었다.

호버링하던 비행체들이 내려앉은 후 능력자들을 태우고는 이내 상승해 빠른 속도로 날아갔다.

— *아공간 가방들은 모두 이동 장치로 옮겨라.*

지시가 내려지자 능력자들은 순서대로 메고 있던 아공간 가방을 공간 이동 장치에 올려놓기 시작했다. 올려놓을 때마다 아공간 가방이 지정된 좌표로 이동했다.

— *금제를 해제한다.*

가방이 모두 사라지자 통신이 전했다.

"어우, 더워!"

"그러게."

하이퍼 헬멧을 벗으며 능력자들이 불만을 토로했다.
“언제 도착하는 거지?”
“얼마 남지 않았다고 했으니까 곧 도착하겠지.”
띠—잉!
사람들의 불만 섞인 대화 중에 장내를 울리는 소리가 들렸다. 전면부에 위치한 패널에서 붉은 색의 숫자들이 표시되고 있었다.

02:58

“이제 도착하겠군.”
“다시 써야 하나?”
“그래야겠지. 스팟이나 게이트가 나타났다면 주변에 에테르가 요동칠 테니까.”
“갑갑하지만 안전이 우선이니 쓰자고.”
“그래.”
사람들이 다시 하이퍼 헬멧을 쓰기 시작했다. 제갈윤 또한 사람들을 살피며 조심스럽게 헬멧을 썼다.
‘역시, 누군가에게 조종을 당하고 있다.’
지금까지의 대화를 들어보면 방금 전에 연구소를 박살 낸 후 자료들을 탈취한 자들이라고는 볼 수 없는 태도들이었다.
‘특급 능력자들인데도 아무 이상을 느끼지 못하는 것을 보면

적어도 초월자가 개입되어 있다는 뜻인데…….'

의식을 조종하는 것은 쉽지가 않다. 자아에 반하는 의식 조종은 트러블을 일으키기 때문이다.

더군다나 특급 능력자는 의식에 배리어를 두르는 것이 기본이다. 웬만해서는 의식을 조종할 수 없다.

그럼에도 의식하지 못하는 사이에 장악하고 의도한 대로 움직이게 만든 것을 보면, 권능의 화신이라고 불리는 초월자가 직접 개입하고 있음이 분명했다.

'스승님의 안배가 없었다면 나또한 당할 뻔했군.'

무림맹을 떠나기 전에 스승이 준비해 준 것들을 보며 무척이나 놀랐다. 준비된 아이템들이 전부가 권능이 담긴 것들이었기 때문이다.

의식을 방어하는 권능이 담긴 아이템도 있어서 의식이 장악당하지 않은 것이 천만다행이었다. 그것이 아니었다면 방금 전에 일어났던 사건을 몰랐을 터였다.

'이렇게 은밀하고 전격적으로 탈취한 것을 보면 초월자도 탐을 낼 만큼 대단한 것들이 분명하다. 발신 장치를 심어놨으니 어디로 보내지는지 금방 알게 되겠지.'

연구소를 나오기 전에 아주 은밀하게 아공간에 발신 장치를 숨겼다. 이 또한 권능이 담긴 아이템이었다.

불특정한 시간에 아주 짧은 신호를 보내는 것으로 자신의 품에 있는 다른 쌍의 수신기만이 신호를 받을 수 있는 장치였다.

어디로 가든 위치를 파악할 수 있었기에 제갈윤은 담담히 착륙하기를 기다렸다.

타타타타!

연구소 상공에 헬기들이 호버링하며 멈춰 있었다.

연구원들의 숙소를 지키던 경비대에 비상이 걸렸고, 외곽에 있던 경비대원들은 일제히 총을 겨누며 헬기들을 경계했다.

사무실에서 쉬고 있던 경비대장은 비상이 걸리자 곧바로 출입구로 나와 있었다.

타타타타타!

회전 날개가 불러일으키는 바람으로 인해 눈발이 사방으로 휘날렸지만 경비대장은 헬기에 그려져 있는 마크를 확인할 수 있었다.

'저들이로군.'

경비대장은 손짓으로 헬기의 착륙을 지시했다.

개활지나 다른 없는 출입구 앞쪽으로 헬기들이 하나둘 내려앉았다.

안을 볼 수 없는 헬기의 문이 열리고 머리에서 발끝까지 검은

색의 복장을 하고 있는 이들이 헬기에서 내렸다.

방금 전에 연구소를 공격했던 능력자들이었다.

'스텔스 기능은 기본이고 레일건에다 기체 자체를 완전히 변형시키다니 놀라운 기술이다.'

연구소를 공격할 때와는 완전히 다른 모습에 제갈윤은 놀라지 않을 수 없었다.

'방금 전에 자신들이 죽인 이들의 숙소를 조사하기 위해 왔으면서도 아무것도 모른다니…….'

눈앞에 보이는 건물들은 연구원들의 숙소였다.

방금 전에 연구소에서 자신들에게 죽어나갔던 연구원들이 머물던 곳임에도 아무것도 모르는 능력자들이었다. 새삼 능력자들의 의식을 조종했던 이가 무서워졌다.

— 스팟이나 게이트의 발현으로 인해 에테르의 흔적이 남았을 테니 주변을 철저하게 탐색해야 합니다. 지급해 드린 탐지기는 위원회에서 이번에 새로 개발된 것으로 마이크로 단위의 흔적이라도 찾을 수 있으니 조원들과 지정된 장소를 탐색하면 찾을 수 있을 겁니다.

위원회에서 파견돼 이번 조사를 책임지고 있는 타이슨의 지시에 따라 세 명씩 짝을 지은 능력자들이 출입구로 향했다.

비행체가 나타나는 순간부터 잔뜩 긴장을 하고 있던 경비대원들은 총구를 겨눈 채 다가오는 능력자들을 경계하고 있었다.

착!

"상부로부터 연락을 받지 않았나?"

능력자들을 대할 때와는 달리 타이슨의 말투는 상당히 고압적이었다.

"연락을 받기는 했지만……."

숙소를 조사하기 위해 누군가 온다는 소식은 연구소장인 미하일로부터 전달을 받았지만 이런 식으로 올지는 몰랐기에 경비대장이 말끝을 흐렸다.

"당신은 연락받은 대로 하기만 하면 된다."

"알겠소."

타이슨의 말에 경비대장은 수하들을 향해 손짓을 했다. 들고 있던 총들이 내려졌고, 입구에 있던 바리케이드가 치워졌다.

"부수고 싶지 않으니 숙소 문을 전부 여시오."

"알았소. 연구원들의 숙소를 전부 열어라!"

경비대장은 기분이 나빴지만 상부의 명령이라는 것을 알기에 애써 참으며 수하들에게 소리를 질렀다.

평소 갑질로 유명했던 경비대장이 아무 말도 하지 못하고 타이슨의 지시를 따르는 것을 보면서 경비대원들이 서둘러 움직이기 시작했다.

경비실에서 열쇠를 찾아 든 대원들이 문을 열기 위해 흩어지는 뒤를 따라 능력자들이 발걸음을 옮겼다.

능력자들은 움직이자마자 손목에 차여져 있는 탐지기를 이용해 에테르의 흔적을 찾았다.

숙소뿐만이 아니라 주변까지 훑고 있는 것이었다.

단지 내의 도로나 주차장에는 아무런 흔적이 없었다. 숙소에 있을 수도 있기에 각자 맡은 구역을 돌며 탐지를 했지만 발견했다는 소식이 들리지 않았다.

— 여기인 것 같습니다.

탐지를 시작한 지 20분이 될 무렵, 차훈의 숙소를 찾은 능력자로부터 통신이 전해져 왔다. 소식을 전한 이는 바로 제갈윤이었다.

— 아무것도 손대지 말고 있어라. 다른 조원들은 전부 발견된 곳으로 집결하도록.

경비대장과 함께 있던 타이슨이 지시를 내렸다.

"따라오시오."

"알겠소."

경비대장은 타이슨의 지시에 그의 뒤를 따라 에테르가 발견된 곳으로 향했다.

차훈의 숙소에 도착한 타이슨은 제갈윤을 뒤로하고 숙소로 들어가 탐지기를 켠 후 세밀하게 살피기 시작했다.

'흔적이 탐지됐다고는 보고를 받기는 했지만 이렇게 선명할 줄은 몰랐다.'

자신이 생각했던 것과는 전혀 다른 흔적에 타이슨은 놀라지 않을 수 없었다.

'이 정도의 흔적이라면 특급 스팟이다. 그런데 잔여 흔적만 남아 있다니 모를 일이군.'

흔적의 양이나 농도로 봐서는 근처에 스팟이 존재해야 한다. 그런데 스팟은 보이지 않았다. 지금까지 나타났던 스팟들의 상황과는 전혀 다르다는 것을 알 수 있었다.

'그냥 대충 할 생각이었는데 이렇게 되면 이곳에 대해 보고를 해야 한다. 위원님들이 전혀 원하지 않았던 상황이 나타난 것 같으니.'

스팟이 생성되면서 동시에 사라진 것을 보면 누군가 스팟을 차지한 것이 분명했다.

문제는 특급 스팟을 통으로 흡수한 것 같다는 것이었다. 위원들 이외에 초월자가 나선 것이 분명하기에 보고를 하지 않을 수 없었다.

'더군다나 게이트까지 탐지되지 않는 것을 보면 이미 주인이 정해진 것이 분명하다. 찾아내려면 골치가 아프겠군. 왜 이런 곳에 초월자가 있는 것인지 모르겠지만 일단은 누구인지 알아보자.'

초월자가 개입했다면 문제가 될 수도 있기에 타이슨은 단서를 찾아야 했다. 초월자라면 단서를 흘릴 리 없겠지만 최소한의 조사라도 해 봐야 했다.

"여기는 누구의 숙소요?"

"박차훈이라는 연구원의 숙소요."

얼마 전에 보기 드문 포르노를 보여준 터라 경비대장도 차훈의 숙소를 기억하고 있었다.

"박차훈이라는 자는 지금 어디 있소."

"연구소에 있지 어디 있겠소."

"으음."

타이슨은 자신도 모르게 신음을 흘렸다. 의식을 장악한 것은 위원이었지만 연구소에 있던 연구원들의 몰살을 지시한 것이 바로 자신이었기 때문이었다.

'예상대로 연구원은 아닌 것 같고, 다른 곳은 어떻게 되었는지 알아봐야겠군. 여기서 단서가 끊긴 이상 다른 좌표를 확인해야 한다.'

러시아와 러시아의 동조 세력에서 파견을 나온 자들이 간 곳도 확인을 해야 하는 상황이 발생하자 타인슨은 곧바로 통신을 시도했다.

— 그곳은 어떻게 됐습니까?

— 에테르의 흔적이 발견이 되었습니다.

— 여기도 에테르의 흔적이 발견되었지만 스팟이나 게이트는 흔적도 없습니다. 거기는 어떻습니까?

— 여기도 그렇습니다.

— 알겠습니다. 제가 그곳으로 가겠습니다. 우리가 갈 때까지 경계만 서주시면 고맙겠습니다.

— 알겠습니다.

— 통신을 모두 들었을 테니 헬기에 타십시오.

개방된 통신이라 각 조직에서 파견 나온 자들도 모두 듣고 있었기에 타이슨이 지시를 내렸다.

"충분히 조사가 됐으니 우리는 이만 가겠소."

"조사가 이것이 끝이오?"

뭔가 탐지하는 것 같았는데 아무런 조치를 취하지 않는 것 같아 경비대장이 물었다.

"조사는 끝났소. 모스크바에는 우리가 별도로 보고를 할 것이니 이제 그만 숙소들을 닫는 것이 좋을 것이오. 연구소에서 돌아온 연구원들이 기분이 나쁘지 않게 말이오."

자신의 지시로 연구원들이 모두 죽었음에도 타이슨은 아무것도 모르는 것처럼 경비대장에게 말했다.

"알겠소. 조사가 끝났다니 어서 나가 주시오. 당신 말대로 숙소를 잠가야 하니 말이오."

숙소 안에 신발 자국이 잔뜩 있어서 누군가 들어왔다는 것을 금방 알게 되어 있었다. 흔적을 지워야 하기에 경비대장은 불편한 심기를 드러냈다.

"후후후, 알았소."

타이슨은 경비대장을 뒤로하고 숙소를 나섰다.

뒤에서 가운데 손가락을 들며 말없이 욕을 하고 있다는 것을 알았지만 그냥 두었다. 지금 일을 벌일 경우 문제가 될 가능성이 높았기 때문이었다.

그리고 경비대들을 처리할 이들은 따로 있었다.

타타타타타!

타이슨과 함께 헬기에 오른 능력자들은 곧바로 이륙해 다음 좌표로 향했다.

헬기들이 미하일이 피의 제의를 했던 동굴에 도착하는 것은 금방이었다.

다만 헬기를 착륙할 곳이 없어 헬기의 문을 열고 뛰어내려야만 했다. 전부 특급 능력자들이라 지상으로 뛰어내리는 것에는 문제가 없었다.

타이슨은 동굴로 들어갔다. 자연적으로 보이지만 인공적인 손길이 닿았다는 것을 금방 알 수 있었다.

어마어마한 크기의 공동과 뭔가 있었을 것 같은 형태에 타이슨의 표정이 심각해졌다.

'무언가 구조물이 설치되어 있던 것이 분명하다. 더군다나 이 정도 농도의 에테르 흔적이라면 숙소와 마찬가지로 특급의 스팟이 분명한데…….'

숙소와 마찬가지였다. 누군가 스팟을 차지하고 게이트의 주인도 정해진 것이 분명했다.

초월자라 하더라도 동시에 두 개의 스팟을 흡수할 수 없다는 것이 정설이기에 타이슨은 심각할 수밖에 없었던 것이다.

'최소한 두 명이 움직였다. 위원님들은 아닐 것이고, 다른 이

들이라면 문제가 커지겠군. 자료를 확보했지만 이렇게 되면 모든 것이 엉망이 될 수도 있다.'

특급 능력자들의 정신을 장악하는 것은 쉽지 않은 일이다. 위원들 중 상당수가 권능을 회복하고 있는 중일 테니 다시 정신을 장악할 수는 없다.

설사 장악한다고 해도 이미 알고 있는 사실을 지운다는 것은 어려운 일이기에 지금의 상황을 통제할 수 없게 된 것이 낭패가 아닐 수가 없었다.

위원회와 적대시하던 초월자들은 모두 움직일 수 없는 상태라는 것을 도착하기 전에 확인했었다.

그렇다는 것은 세계대전을 종식시킨 신화의 존재들이 다시 나타났거나, 새로운 초월자가 탄생했다는 뜻이었다.

'후우, 이미 벌어진 일이다. 최대한 빨리 돌아가서 대책을 세워야 한다.'

어떤 에테르를 가진 스팟인지, 그리고 게이트는 어떤 세상과 연결이 됐는지가 중요한 일이었다.

위원회의 위원들은 권능을 사용해 얻고자 하는 것을 얻었다. 목적은 달성했지만 비상 상황이다.

새롭게 나타난 스팟과 게이트를 차지한 이들이 누구인지 확실하지는 않지만, 누구든지 간에 그들로 인해 판이 뒤집힐 수 있었기 때문이었다.

— 이제 철수합니다. 돌아가셔서 각자 보신 대로 보고를 하

시면 됩니다. 저도 위원회에 제가 본 대로 보고를 할 테니 말입니다.

— 알았소.

파파파팟!

능력자들이 허공으로 치솟아 올라 헬기에 탑승했다. 주변에 공간 이동을 방해하는 역장이 있어 벗어난 후 이동을 해야 했기 때문이었다.

승객들이 탑승하자 호버링하던 헬기들이 일제히 방향을 틀어 이동을 했다.

헬기들이 사라진 직후 눈 속에 모습을 감추고 있던 미하일이 모습을 드러냈다.

'정신 제어까지 사용한 것을 보면 역시 위원들이라는 놈들이 움직였군.'

연구소가 공격당하고 연구원들이 모두 죽어나가는 것을 지켜봤던 미하일은 대충 상황을 파악할 수 있었다. 스팟이나 게이트가 발견되어 조사한다는 계획의 이면에서 위원들이 자신이 진행하던 프로젝트를 노렸던 것이었다.

'피의 제의가 진행되어 에테르가 감지됐을 수도 있겠지만, 어째서 박차훈의 숙소에 간 거지? 그냥 보여주기 위해서 간 것은 아니었을 텐데 말이야.'

자신이 진행했던 피의 제의로 인해 동굴을 조사한 것은 이해가 가는 대목이지만 박차훈의 숙소를 조사한 것은 이해가 가지 않았다.

스팟이나 게이트와 관련한 에테르 파동이 나타날 이유가 없었기 때문이다.

의문도 잠시, 능력을 사용해 연구원들의 숙소를 조사했던 헬기를 쫓아왔을 때 동굴을 조사하던 자들 몇몇이 눈에 익었던 것이 기억이 났다.

'모르는 얼굴도 친근하게 굴었던 것을 보면 러시아 쪽 세력의 능력자이었다. 그들을 몰아서 저곳을 조사시킨 것을 보면 연구소는 보여주기 식 조사였을 가능성이 높겠군. 연구소가 습격당한 것이 알려지는 것을 감수한 작전이었다. 이렇게 작전을 진행했다면 시간을 벌 수작이로군. 그렇다면…….'

지금은 아니지만 누군가 연구원들의 숙소를 공격할 것이라는 생각이 들었다. 그것도 십자동맹과는 관련이 없는 이면 조직에서 공격할 가능성이 매우 높았다.

'떠나야겠군. 하지만 가기 전에…….'

위원회의 계략에 의해 다른 조직들이 움직이고 있을 확률이 높았다. 십자동맹을 적대하는 세력들도 감지기를 통해 에테르를 확인했을 것이니 반드시 움직일 터였다.

'조사단이 예정보다 빨리 움직인 이유도 그들을 함정으로 유인하기 위해서일 가능성이 크다. 나도 서둘러야겠군.'

미하일은 연구소를 향해 바쁘게 움직였다. 죽음을 가장해 몸을 숨기기 위해서였다.

날 듯이 이동해 연구소로 간 미하일은 부서진 지하 출입구로 들어가 안을 확인했다. 능력자들이 폭풍처럼 휩쓸고 가서 그런지 모든 것이 엉망이었다.

'연구 자료들을 모두 빼간 모양이군. 하지만 빈껍데기나 다름없는 것들이니. 일단 확인부터 하자.'

혈정을 통해 느껴지는 생체 반응은 없지만 박차훈과 추연미가 있는지 확인을 해야 했기에 미하일은 핵심 프로젝트가 진행됐던 섹터로 갔다.

'으음, 죽었군.'

부서진 실험실 안에 머리가 박살 난 채 죽어 있는 남녀의 시체가 보였다.

'벌써 왔군.'

두 사람의 시체가 확실한지 살펴보기 위해 실험실 안으로 들어서려던 미하일은 연구소 밖에서 느껴지는 생체 반응에 인상을 찌푸렸다. 위원회의 계략에 따라 유인당한 자들이 도착한 것이 분명했다.

'집무실로 가자.'

시간이 없기에 곧바로 실험실을 나와 자신의 집무실로 향했다. 데스크에 앉은 미하일은 패널을 조작해 안에 숨겨진 것을 꺼냈다.

책상이 갈라지며 강화 플라스틱에 가려진 붉은색의 버튼이 나타났다.

강화 플라스틱을 옆으로 밀어낸 미하일은 미련 없이 붉은색 버튼을 눌렀다.

'누르고 나면 오 분밖에는 시간이 없다.'

비밀 통로 같은 것은 없는 연구소다. 자동 폭파 장치가 가동되면 모든 것이 차단되기에 빠져나갈 수가 없다.

프로젝트가 폐기될 시 모든 것을 감추기 위해서였다.

'권능을 사용하면 저들 모르게 빠져나갈 수 있다.'

차단 장치가 모두 부서진 상태다. 혈정을 사용하면 나타난 자들 모르게 사라질 수가 있었다.

'저들은 폭발하기 일 분 전에 에테르의 유동을 알아차리고 피할 것이다. 많이 피하지는 못하겠지만 몇몇은 살아남겠지. 이곳의 모든 것이 사라질 것이고 나는 그것으로 죽은 존재가 될 것이다. 살아남은 자들이 증인이 될 테니까.'

미하일은 혈정의 권능을 사용해 모습을 감췄다. 능력자들도 알아차릴 수 없을 만큼 자신의 모든 것을 지워 버렸다. 권능에 사용되는 에테르마저 지워 버린 탓에 미하일이 빠져나가는 것을 알아차린 자는 아무도 없었다.

미하일이 연구소를 빠져나가고 얼마 지나지 않아 안쪽을 수색하던 이들이 메뚜기 떼처럼 튀어나왔다.

이면 조직 간의 전쟁에서 패배한 조직이 최후로 선택하던 자폭 현상이 연구소 내에서도 발생했기 때문이었다.

에테르의 유동이 폭발 직전에 보이는 것이어서 급하게 피했지만 전부 피할 수는 없었다. 수색을 진행하던 이들 중 반수 이상이 빠져나오지 못한 상태에서 폭발이 일어났다.

번쩍!

우르르르르릉!

섬광과 함께 진동이 일어났다.

콰—아아아앙!

거대한 폭발 소리와 함께 모든 것이 밀려 나갔다.

연구소를 간신히 빠져나왔던 능력자들 대분이 폭발에 휘말려야 했다. 그나마 몇몇은 간신히 공간 이동을 통해 폭심의 범위에서 벗어날 수 있었다.

에테르 폭발에 의해 공간 이동을 제어하는 역장이 무너지지 않았다면 그나마 할 수 없었을 터였기에 그들로서는 행운이 아닐 수 없었다.

미하일 또한 멀리 떨어진 곳에서 모습을 감추고 있다가 폭발이 일어나는 순간, 공간 이동을 통해 자신이 만들어 놓은 곳으로 갈 수 있었다.

거대한 폭발은 연구소를 중심으로 5킬로미터가 넘는 크레이터를 남겼다.

어찌된 일인지 폭발의 여파가 50킬로미터까지 확대됐다가 다시 안쪽으로 모이는 바람에 범위 안에 있던 지역은 폐허로 변해 버렸다.

특히나 지름이 5킬로미터, 깊이가 1킬로미터에 달하는 크레이터 안에는 모든 것이 가루가 되어 먼지만이 존재할 뿐이었다.

폭발로 발생한 거대한 힘이 사라지고 난 뒤 뭔가에 눌린 듯 크레이터 주변에 휘날리던 먼지가 빠르게 가라앉기 시작했다.

주변이 깨끗해지자 폭심의 중앙이 불쑥거렸다.

쑤욱!

두껍게 쌓인 먼지를 뚫고 빛에 휩싸인 구체가 솟아올랐다.

“연미야, 괜찮아?”

“조금 놀라기는 했지만 괜찮아.”

“다행이다.”

“그렇게 거대한 폭발이었는데도 이렇게 멀쩡한 것을 보면 네가 만든 배리어도 특별한가 봐.”

“별거 아니야.”

“별거 아니라니? 에테르가 폭발한 것이라면 초월자라도 견딜 수 없었을 텐데.”

“내가 각성한 능력이 바로 에테르를 다루는 것이거든. 폭발로 발생한 에너지를 역전시켜 만들어진 것이라 그리 어려운 것이 아니야.”

폭발에 사용된 에테르는 두 종류다. 상극인 에테르를 접촉시켜 강력한 폭발을 이끌어낸 것이다. 상당한 에너지를 흡수하고 역으로 되돌려 배리어를 만들어냈다.

사실 다른 이라면 이곳에서 공간 이동을 하기는 불가능하다. 두 종류의 에테르 폭풍이 불고 있으니 말이다.

그렇지만 나는 상관없다. 내 심장에 동화되어 머물고 있는 것들이 있기 때문이다. 빠르게 흡수하는 탓에 내 몸 주변은 벌써 폭풍이 안정되고 있는 중이다.

그러니 이곳에서 불고 있는 에테르 폭풍은 그저 산들바람에 지나지 않는다. 공간 이동도 미풍을 느끼며 산책하는 것에 지나지 않는다.

"그래도. 위험할 텐데……."

"지금은 그것이 중요한 것이 아니니까 빨리 벗어나자. 다른 자들이 올지 모르니까 말이야."

"그래, 차훈아."

"그럼 간다."

지금은 이 자리를 벗어날 때다. 에테르가 폭발한 탓에 대지의 기억도 지울 필요도 없다. 잠시지만 이곳은 인과율 시스템을 벗어난 지역이 될 테니 말이다.

팟!

공간을 건너뛰었다. 일반적인 공간 이동이 아니라 대단위 도약이다. 평양으로 직접 갈 수는 없어서 나에게 가장 익숙한 장소로 이동했다.

하얀 빛이 사라지고 새로운 장소에 도착했다는 것을 확인한 연미가 사방을 둘러본다.

"여긴 어디니?"

"내가 평양에 가기 전에 수용됐었던 수용소가 바로 저기야."

우리가 있는 곳은 백설이 가득한 고원의 정상이다. 고원 아래 움푹한 분지에는 눈에 뒤덮인 수용소 시설이 보였다.

"저기가?"

"그래. 바로 저기."

"왜 여기를 온 건데?"

"저곳에 구해야 할 분들이 계셔서 말이야."

"누군데?"

"나에게 여러 가지들을 가르쳐 주신 분들이야."

"어떻게 구할 건데? 수용소 주변이 범상치 않은 것 같은데……."

"전에는 어림도 없었지만 지금은 아무것도 아니야. 바로 갔다가 올 테니까 여기서 기다리고 있을래?"

"음, 알았어."

"걱정하지 마. 금방 올 거니까 말이야."

"그래. 여기서 기다리고 있을게."

공간 이동을 통해 아저씨들을 데리고 올 생각이라 주변에 결계를 형성했다. 눈이 오지는 않지만 추위를 탈 수 있으니 온도도 세심하게 조절해 두었다.

"갔다 올게."

팟!

공간 이동을 통해 수용소 안으로 들어갔다. 전에는 미처 알지 못했던 결계가 쳐져 있었지만 그다지 어렵지 않았다.

'광산에서 일을 하는 중이군. 하긴 갱도 안은 눈이 내린 것하고는 상관이 없으니까.'

낮이라서 그런지 숙소에는 당번만 남아 있었다. 갱도에 있을 것이기에 아저씨들을 찾았다. 에테르에 눌려 본신의 기운을 쓰지 못하는 이들을 찾는 것이라 그리 어렵지는 않았다.

'한곳에 모여서 쉬고 계시는 구나.'

어려서부터 뻔질나게 드나들던 곳이라 곧바로 공간 이동을 했다.

팟!

"누구냐?"

갑자기 모습을 드러내자 아저씨들이 진을 형성하며 나를 에워쌌다.

'기운을 조금 회복한 것 같더니…….'

보통 사람이라면 절대 보일 수 없는 움직임이었다. 일부나마 기운을 회복한 것이 틀림없었다.

"저예요."

"무슨 말이냐?"

강신 아저씨가 예리한 눈초리로 나를 훑어보며 말했다.
“차훈이에요. 박차훈.”
“차훈이?”
훌쩍 커버린 탓에 잘 못 알아보시는 것 같다. 비쩍 마른 몸에 꼬맹이의 모습만 기억이 날 테니 당연한 일이다.
“머지않아 제대로 된 오상을 보게 되겠네요. 강신 아저씨!”
“저, 정말 차훈이냐?”
“그래요, 장운 아저씨. 아저씨가 알려준 수련법 덕을 톡톡히 봤어요. 유찬 아저씨, 태준 아저씨, 민상 아저씨도 반가워요. 다들 건강하신 것 같으니 기쁘네요.”
“정말 차훈이구나.”
장운 아저씨가 진을 풀고 뛰어와 나를 끌어안는다.
“하하하, 여전하시네요.”
오상의 일원답지 않게 성격이 급한 아저씨였다. 혹시나 모르는 일인데 곧바로 진을 풀고 나에게 다가오다니 말이다.
“그런데 어떻게 된 일이냐?”
나임을 확인한 듯 강신 아저씨가 묻는다.
“아저씨들을 데리고 이곳을 나가려고요.”
“우릴 탈출시키겠다는 말이냐?”
“주변에 쳐져 있는 결계는 걱정하지 마세요. 공간 이동으로 간단히 빠져나갈 수 있으니 말이죠.”

"으음, 차훈아. 설마 벽을 넘은 것이냐?"

내가 공간 이동으로 이동할 것이라고 하자 놀란 강신 아저씨가 묻는다.

수용소 주변에 쳐져 있는 결계는 결코 간단한 것이 아니다. 특급 능력자라 할지라도 뚫기가 불가능한 것이다.

첫 번째 결계는 설사 뚫고 나간다고 해도, 두 번째 결계에서는 백이면 백 실패한다.

첫 번째 결계에서 몸으로 흡수된 에테르가 두 번째 결계에 펼쳐진 이질적인 에테르와 접촉해 폭발하기 때문이다.

일반인들은 몸의 일부분이 터져 나가는 데서 그치지만 능력자들은 산산이 부서져 버린다.

이러한 현상은 공간 이동을 해도 마찬가지다.

폭발하지 않고 드나들 수 있는 방법은 출입구를 이용하는 방법밖에 없다.

이런 제약에서 자유로운 존재는 하나뿐이다. 그것이 바로 에테르에 굳이 구애받지 않는 초월자뿐이기에 묻는 것이다.

"넘은 것 같습니다."

"다행이다. 선생님이 보셨다면 정말 기뻐하셨을 텐데."

"그렇겠지요. 일단 나가도록 하시죠."

"알았다."

"모두 제 몸에 손을 대 주십시오."

"그러마."

아저씨들이 내 몸에 손을 댔다. 배리어로 아저씨들을 감싸고 공간 이동을 시동했다. 그야말로 눈 깜짝할 만한 시간에 우리는 연미가 머물고 있는 고원의 정상에 도착해 있었다.

"하하하, 수용소 밖이구나. 그런데 저 처자는 누구냐?"

"제 안사람입니다."

강신 아저씨의 물음에 순순히 대답을 해주었다. 눈을 동그랗게 뜨는 아저씨들만큼 연미의 얼굴이 붉어졌다.

"연미야. 내게 많은 것들을 알려주신 분들이야. 스승님이나 마찬가지지."

"안녕하세요. 추연미라고합니다."

"스승이라니, 언감생심일세. 그저 친척 아저씨 정도로 여겨주면 되니 너무 어려워하지 말게."

"알겠습니다."

"나는 강신이라고 하고. 이쪽부터 유찬, 장운, 태준, 민상이라 하네. 천환의 안주인에게 잘 부탁드리네."

"천환이라니요?"

"모르고 있었는가?"

"아직 말해주지 않았습니다."

"그렇군. 비밀로 하지는 않을 테지."

"그렇습니다. 연미도 알아야 하니 말입니다."

"그렇군. 그럼 내가 어느 정도 설명을 해주어야겠군."

"일단 쉴 만한 곳을 찾아야겠습니다. 말씀은 그때 가서 나누시죠."

"알았다. 그래야 할 것 같구나. 마침 막내 사제가 이 근처 지리에 환하니 쉴 만한 곳을 알고 있을 것이다."

"이곳 지리를요?"

"그래, 네가 탈출을 한 후에 경비병들을 위한 약초나 버섯들을 막내 사제가 조달해 왔다."

"그렇군요."

"막내 사제. 쉴 만한 곳을 찾을 수 있겠나?"

"머지않은 곳에 동굴이 하나 있습니다. 거기라면 충분히 쉴 수 있을 것 같습니다. 방향은 저쪽입니다."

막내인 민상 아저씨가 한쪽 방향을 가리켰다.

'탈출할 때 가 봤던 방향이지만 저쪽으로 동굴 같은 것은 없었는데?'

가능성은 낮았지만 민상 아저씨를 따르기로 했다. 천천히 걸어가던 민상 아저씨가 멈춰 섰다.

"이 아래에 쉴 만한 공간이 있다."

아저씨가 말씀하신 대로다. 눈으로 뒤덮인 아주 커다란 넓적한 바위 아래 제법 넓은 공간이 존재했다.

아저씨가 눈을 한곳으로 치우자 허리를 굽혀야 드나들 수 있는 작은 입구가 나타났다.

우리들은 곧장 안으로 들어갔고, 나는 맨 뒤에서 따라 들어오며 헤쳐 놓았던 눈들로 들키지 않게 입구를 막았다.

"아저씨, 천환이 뭐하는 곳이에요?"

"법문과 무예를 숭상하는 천문 중 하나로, 차훈이가 수장으로 있는 곳이네."

"천문은 또 뭐지요?"

"이면에 숨어 세상을 벗어난 자들의 일탈을 막는 것이 천문이네. 그중 최고로 손꼽히는 곳 중에 하나가 바로 천환이지. 우리는 그런 천문 중 오상이라는 곳 소속이네."

"으음, 그렇군요."

한때 이면 조직이었던 흑운의 소속이었던 연미지만 천문에 대해서는 모르는 것 같다.

"연미야. 천문은 이면 조직과는 다른 곳이야. 그들은 다른 세계의 에테르를 사용해 힘을 발휘하지만 천문은 순수하게 지구상의 기운만을 사용하는 곳이지."

"그러면……."

"본래 세상을 지키는 이들이 뭉친 조직이 바로 천문이라고 할 수 있지."

"무슨 말인지 이제 알겠어."

일단 수긍을 하지만 나중에 묻겠다는 표정이 역력하다.

그렇지만 나도 천문이라는 것에 대해서는 얼마 전에 안 상황이다. 아무래도 조만간 자세하게 설명을 해주어야겠다.

"이제는 어떻게 할 생각이냐?"

"평양에 있는 아버지를 모시고 온 다음 이곳을 떠날 생각입니다."

"아버지라니?"

"저는 죽음에서 구해주신 분을 수양아버지로 삼았습니다."

"그렇구나. 그러면 수양아버지를 구한 다음에 어디로 갈 생각이냐?"

"아저씨들의 근거지로 갈 생각입니다."

"우리들이 유럽에 만들어놓은 근거지 말이냐?"

"예, 아저씨."

"그래, 그곳이라면 어느 정도 안정을 찾을 수 있겠지. 하지만 네가 벽을 넘어섰으니 그분들도 찾아야 하지 않겠니?"

"자세하게 말씀을 드릴 수는 없지만 지금으로서는 어렵습니다. 그리고 이곳에서 부모님과 할아버지를 찾을 수 있는 것도 아니고 말이죠."

"뭔가 알아냈구나."

"세계와 세계의 비밀을 조금이나마 알게 됐습니다."

"알았다. 그렇다면 네 뜻대로 하도록 해라. 우리는 그저 따를 테니 말이다."

"감사합니다. 그럼 이제부터 아저씨들의 힘을 회복시켜 드리겠습니다."

"우리의 힘을?"

"매영에서 걸어놓은 금제 정도는 금방 풀어드릴 수 있습니다."

"섣불리 단언할 것이 아니다. 매영의 금제는 우리가 일부러 걸린 것이다. 모아놓은 기운이 상승하며 에테르와 충돌하기 직전이었으니까. 금제를 풀 수는 있겠지만 자칫 에테르와 우리가 가진 내기가 충돌해 버리면 위험할 수 있다. 우리들뿐만 아니라 너까지 말이다."

"에테르라면 걱정하지 마십시오. 아저씨들을 회복시키는 힘은 이 지구의 순순한 기운이니 말입니다. 그리고 따지고 보면 아저씨들의 기운도 에테르의 한 종류입니다. 세계에 퍼진 에테르들과 간섭이 일어나지 않도록 할 수 있으니 걱정하지 않으셔도 될 겁니다."

"으음. 우리가 힘을 회복할 수 있다니……."

기대하지 않았던 듯 아저씨들의 표정이 변했다.

"알았다. 그것이 가능하다면 그렇게 해주면 좋겠구나."

"가능합니다. 그러면 강신 아저씨부터 해드리도록 하겠습니다. 제 앞에 가부좌를 틀고 앉으시면 됩니다."

"그래, 그렇게 하마."

강신 아저씨가 내 앞에 가부좌를 했다.

— 젠, 이제 강제로 맵을 만들 수 있지?

— 간단합니다. 이곳 지구와 브리턴의 에테르를 융합해 맵을 돌리게 만든다면 다른 에테르들과 충돌하지 않고 본신의 힘을 발휘할 수 있을 겁니다.

— 좋아. 시작하자.

— 예, 마스터.

젠의 도움을 받아 강신 아저씨의 내부에 기운이 흐르는 통로를 만들었다. 임의로 만든 것이 아니라 아저씨가 본래 가지고 있던 기의 통로를 더욱 넓히고, 심장에 자리한 기운들을 일부 뽑아내 코팅을 했다.

— 이 정도면 다른 세계의 에테르도 아저씨들이 가진 기운으로 전환이 되겠지?

— 문제없이 수용할 겁니다.

— 좋아. 그럼 둘째 아저씨도 하자고.

— 알겠습니다, 마스터.

강신 아저씨를 끝내고 난 뒤에 차례대로 기의 통로를 만들어 드렸다. 아저씨들이 본래부터 수련하던 기의 통로를 확장하고 강화시킨 것이라 문제는 없을 터였다.

다 끝나고 나니 연미가 부러운 눈빛으로 바라본다. 자신이 가지고 있던 능력을 잃어버려 상실감이 클 텐데 아직은 도와줄 수 없어 안타깝다.

— 젠, 연미도 가능할까?

— 마스터께서도 알고 계시겠지만 공녀님 때문에 지금은 곤란합니다. 뱃속에 계신 공녀님은 마스터의 영향으로 에테르를 가지고 계시니 말입니다.

— 역시, 그렇군. 그런데 공녀라면 여자아이인 거야?

— 그렇습니다, 마스터.

— 정 염려가 되신다면 제 자아 중에 일부를 떼어내 분신을 만들어 드리겠습니다.

— 너도 그렇고 위험하지 않아?

— 그저 씨앗을 심는 겁니다. 저는 물론이고, 부인과 공녀님도 안전합니다. 씨앗을 심게 되면 마스터가 옆에 계시지 않더라도 보호가 가능하고, 나중이라도 개화하게 되면 두 분께 많은 도움이 될 겁니다.

— 그렇다면 그렇게 하도록 해. 지금은 연미를 보호하는 것이 무엇보다 중요하니까 말이야.

— 알겠습니다, 마스터.

앞으로 이곳저곳 많이 움직여야 한다. 지구뿐만 아니라 다른 세계까지 말이다. 연미를 홀로 두어야 하는데 고민을 덜 수 있을 것 같아 젠의 제안대로 하기로 했다.

"연미야, 너도 이리 와서 앉아."

"나도?"

"그래, 아저씨들과는 다른 거지만 스스로 지킬 수 있는 힘을 얻을 수 있을 거야. 아기도 그렇고. 아기를 낳고 나면 원래 가지고 있던 것도 회복시켜 줄게."

"아기에게 위험한 일은 아니지?"

"하하하, 내가 너와 아기에게 위험한 일을 하겠어? 걱정하지 말고 이리 와서 앉아."

"알았어."

자신보다 아기를 먼저 생각하는 연미가 사랑스럽다.

가부좌를 틀고 앉은 연미의 머리에 손을 얹었다. 젠의 분신을 심는 일이라 내가 할 일이 거의 없었다.

— 마스터, 끝났습니다.

— 벌써 끝났어?

머리에 손을 댄 지 10초도 되지 않았는데 벌써 끝났다니 뭔가 아쉽다.

— 부인만 심은 상태니 공녀님에게도 심어야 합니다. 배에 손을 대시면 됩니다.

— 알았어.

연미의 머리에서 손을 뗐다.

"벌써 끝난 거야?"

"아니. 아기에게도 해주어야 해. 잠시만!"

연미에게 말을 하고 배에 손을 가져다 댔다. 흠칫하는 연미의 얼굴이 빨갛게 변했다.

젠의 의지가 들려오지 않는다. 아기라서 그런지 연미보다는 시간이 더 걸리는 모양이다.

— 마스터, 모두 끝났습니다.

1분 정도 지나자 젠이 의지를 전해왔다.

— 고생했어. 연미에게는 이야기를 해두어야겠지?

— 당황스러울 테니 말씀을 드리는 것이 좋을 겁니다.

— 알았어.

젠의 말대로 하는 것이 좋을 것 같다.

자아를 가진 존재와 정신이 연결되는 것이니 당황하면 좋을 것이 없으니 말이다.

〈『그린 하트』 제7권에서 계속〉

BBULMEDIA

BBULMEDIA